在那邊的鬼

あちらにいる鬼

井上荒野 著

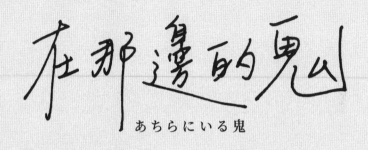

あちらにいる鬼

CHAPTER 1 / 1966 春

美晴

凌晨回來的真二，一回家就鑽進了我這邊的被窩。不要啦——，今天要出門呢。所以呀——，他說，一把將我拉了過去。

他的身體離奇地沒有散發出任何味道。明明一整個晚上都在外頭喝酒，卻沒有一丁點酒味、菸味或是女人的味道，頂多就只是微微帶上了點夜的氣息。真是的，到底一整個晚上都在哪裡幹嘛去了呢?搞不好他就只是待在他公司裡頭，在那棟大樓裡的某個房間裡發獃吧?一想到這，不禁心底發毛，直覺肩膀緊繃。

性愛這種事，跟做愛的那個男人是綁在一起的。沒有什麼做得好或不好的性愛。一場不好的性愛，說穿了，就只是那個男人並不適合自己而已。

從被窩裡鑽出來，泡了個晨澡後穿戴完畢就已經到了不馬上出門就來不及的時間了。我住的這房子本來是家當鋪，在巷弄底。我拎起了一個旅行袋，小碎步跑到了外頭的大馬路，編輯正在一輛黑色商務接送車前抽著菸。這才想起，今天還有一個人會跟我們同行呢。先前聽過了，但忘了。大概是對那個男人沒有什麼興趣吧。

「您好，我是長內美晴。」

上車前，先跟已經坐在車內的那個人打了聲招呼。

「您好，我是白木。」

男人朗聲回應了我。我們兩人是初次見面，不過我當然已經聽過了這個人的名字。白木篤郎。非常積極創作的一位小說家。不過我其實也只是在純文學雜誌上讀過他的一兩篇短篇而已，只覺這人寫的小說有點艱澀，就僅只這樣的印象。

編輯坐在副駕駛座，我坐在白木的旁邊。商務轎車的後座原本就寬敞，加上或許是白木的個頭也不大，這下子感覺更是寬綽。白木的身形清瘦，像個少年郎一樣，但一對眸子在眼鏡後頭閃閃發亮，散發出了一種濃野的男人氣息。一件米色長褲搭配上同色系襯衫，再套上一件深棕色西裝外套，雖然不顯窮酸，但也不太清爽帥氣。

編輯又向我們兩個人互相介紹了一次對方。商務轎車開往羽田機場。今天傍晚在德島有場出版社主辦的演講，三名講師除了我跟白木外，還有一位同樣也是小說家的岸光太郎。這趟旅行令人期待之處，在於能跟素未謀面的岸先生認識，與白木倒是沒有關係。

「這麼早起來，應該還很睏吧？」

白木忽然開口。

「呃——，是啊……」

我略微吃驚，點了點頭。心如薄紙般地跟真二做了那件事的餘韻彷彿還帶著點微溫。

「那巷底的房子，您自己一個人住嗎？」

「唔——。」

其實屋外同時掛了我跟真二的名牌。當初請人做了那門牌掛在外頭時，真二看起來似乎非常歡喜。現在光是想起他當時的神情都覺得煩愁。

「這是您第一次去德島嗎？」

「不是，我就是德島人。」

「噢——，這樣啊，德島哪裡呢？」

「市內。我老家是間佛具店，現在由我姊姊跟姊夫接下來做。」

「我幾乎對全日本各地都很熟哪，您知道德島市內最好吃的拉麵店是哪一家嗎？晚點如果有時間，我帶您去吃？」

「嗯——。」

「您這套和服很別緻呢，我看和服的眼光可是很挑剔的，因為我太太也常穿。」

「這樣啊？」

「是啊。您這套是真的別緻，腰帶的顏色也好。」

天色陰灰的四月。車內悶熱，我感覺不是因為氣溫，而是白木的關係。真是個愛裝熟的男人，可是隱約間又有種感覺，感覺他好像不是朝著我講話，而是朝向了空中某個破口。

飛機上，編輯自己一個人坐在其他座位，我跟白木果然又剛好坐在隔壁。岸先生則聽說正搭了新幹線往德島過去。

「聽說岸先生很怕搭飛機呢。」

我把剛從編輯那兒聽說的話講給白木聽。

「不是吧。」

白木馬上回道。

「他應該是擔心家人而不是害怕。他覺得他自己怎麼樣也不能死吧。」

我略微訝異。我聽說過岸先生的長男患有殘疾，但從沒想過這之間的關連。

不過我也不想就這樣跟白木一直瞎聊下去，剛好方才收在商用轎車後車廂的行李袋現在就擺在了手邊，隨手拿出資料，假意翻讀。

忽然飛機搖晃起來，繫妥安全帶的警示燈亮起。機長廣播說現正通過一道不穩定的氣流，沒有安全疑慮，請乘客安心。不過我從來沒經驗過那麼大的搖晃。

白木忽然碰了我的右手臂。

「您要是怕，可以抓著我喔。」

「謝謝，我還好。」

我忍住想笑的衝動這麼答。怕的人是他吧？我偷瞄了一眼，看見他剛才碰我的那隻手現在正緊緊抓著座椅扶手，眼睛硬邦邦直瞪著空中某一點。真是太好笑了，這個講話那麼大聲的一個男人居然那麼怕死，對於生如此眷戀，緊緊抓著不放。

我一點也不怕。雖然不至於想死，但若命中注定這架飛機就是要墜毀，就墜毀吧。更何況命運這傢伙，怎麼可能會讓我這樣的女人輕易死去呢？

「啊——河——。」

白木喊了出聲。

我們正渡過吉野川。我跟白木又再度坐在車子後座。車子是從飯店招來的計程車，編輯並未同行。

我接了一個造訪全日本傳統工藝師傅的採訪連載，今天約好了要在傍晚演講前先去採訪一位住在鳴門的人偶師。在飛機內不小心跟白木提起了這件事後，他說哎呀！這有意思，讓我也一起去吧。他都這麼說了，我也不好說不。

「有河流經的城市真好。您看，有白鳥。」

誇耀自己踏訪過了全日本，卻像個小孩子一樣把臉貼在車窗上。我心想這男人的頭髮真多。他一頭濃黑的頭髮自然整齊地剪到了耳朵上，厚厚蓋住了半顆頭顱像戴了頂帽子一樣。肯定年紀比我小，就不曉得是小了幾歲，忽然想知道。

我已經跟司機說了人偶師的地址，但司機開到半途卻迷了路，還是虧白木指揮說請在那兒右轉，啊——，應該就在這一帶了，我們在這兒下車試試吧。接著白木便好像走在自己家附近一樣地腳步輕快直朝前走，我也小跑步跟了上去，居然奇蹟似地讓我們走到了一戶就在一條灰撲撲路旁的樸素獨棟民宅。

人偶師是位六十來歲，有種學者沉穩氣質的人，反而不太像是位工藝師傅。拉門一開，是個土間[1]，接著往上略高一階左右的一爿空間被當成了工作場所，兩具已經穿好衣裳的阿波淨琉璃人偶②被立在了後面的紙門上方，往下往我們瞧。牆邊櫃子裡塞滿了一大堆手腳零件，多得湧了出來，除了這些以外，沒有任何地方看得出來那裡是位人偶師的工作場所了。空間窄憋而簡陋，毋寧像間女人的飾品鋪。我還來不及說什麼之前，白木已經「啊——」地沉沉嘆了一口長氣。

之後開始訪談，但是白木也不時插話。結果反而是他抓住了那位人偶師的心。他像個孩子一樣雙眼閃爍著光芒，不時提問與聽見回答後所說出來的回應當中，充滿了對於眼前之人的真誠敬意，甚至還帶了一份仰慕。

拜他之賜，這場訪談聊得很盡興，恐怕比我一個人單獨進行的話更順利。我也從而得知白木的祖母曾經在九州做過陶瓷器的露天攤商，他父親也曾是位知名的陶匠。他無

1 日式家屋一進入玄關處爲泥地或三和土的中介空間，方便穿著鞋子在家屋其他需穿鞋的工作空間走動。

2 日本國家重要無形民俗文化財產，人形淨琉璃爲一種人偶戲，阿波人偶特徵在於巨大的頭部及亮麗塗色。

比自豪談起了這一切，讓人偶師似乎聽得很欣慰，我一留神，發現自己也聽他的聲音聽得入迷了。他每一談起什麼，就好像是有什麼難以消除的染料沾上了自己身體一樣。

人偶師為我們示範了一下從大木片中刨削出人偶頭部的過程，我盯著他的手勢，忽然偷覷了一眼白木，發現他的表情認真得令人懊惱。

「今天真是多謝您了，托您的福，談得很起興呢。」

離開了人偶師家後，我們邊走邊找計程車時我向他道謝——多少帶了幾分自己完全變成了配角的懊惱。

白木沒說話。他盯著自己鞋子一樣地走路，接著說——

「很離譜吧？」

「嗯？」

「那麼棒的藝術家，居然住在那樣窮酸的房子裡，妳不覺得很離譜嗎？政府應該要對那樣子的人更重視啊——！」

他的聲音中出奇有種張力。我望了他的臉一眼，隨即撇開眼去，因為察覺他眼中噙著淚。

演講結束後，在飯店附近的一家館子辦了餐敘。租了一間寬敞的榻榻米宴會廳，包括三名講者跟當地相關人士與編輯在內，約有十人參加，不過成了主角的人是白木。

這個男人大概很能喝。特地為他叫的威士忌被他當成了水一樣喝，愈喝愈嗨，扯開了原本就大的嗓門，從文學到政治、食物到女人，不管聊到什麼話題，他都能一把搶過當成他自己的主場講。

岸先生入迷地盯著白木，顯然已經被他吸引了去。這趟旅程，岸先生的興趣完全集中在白木身上，連瞧我一眼的時間都沒有。

白木主動找岸先生聊天，話裡捧著他，惹得岸先生眉開眼笑。我發現白木這個人雖然一下子笑一下子吼，卻出乎意料很細心在關照在場每一個人。

忽然跟他對上了眼，他稍微羞了一下。

「您很能吃啊。」

當場響起了一陣尷尬的笑聲。我有點懊惱，對岸先生那樣抬捧，對我卻是這副態度嗎？我又看了他一眼，發現他幾乎完全沒碰盤子。

「我不是光喝酒就會飽的人。」

這麼一回，他卻說：

「我才不想用這種只是中看不中吃的東西填飽肚子呢——」

這下子我是真的火了。那些菜的確只是好看而已，稱不上美味，可是這麼說不是對主辦單位跟對我都很失禮嗎？

「原來您很懂吃啊？」

我刻意話中帶刺。

「我只是想吃真材實料而已，哪怕只是一塊豆腐。」

白木一副妳怎麼連這也不懂啊的口氣這麼說道。我當下不再作聲，現場氣氛變得有點尷尬。

「來來來——」

白木拍響了手掌。

「今天這桌上有樣東西倒是真材實料，有沒有人知道是哪樣？答對了有獎——！我給一萬圓！」

這下子，大家的注意力都從我身上移開，場子再度熱絡了起來。結果搞不好連我也成了白木關照的對象了。今早在車子裡所感受到的那股燠暑悶蒸的不快感又再度甦醒，我起身離開宴會廳。

去了洗手間後，往宴會廳的反方向走，找到了一台電話。一打回東京家裡，真二接了起來。

「你在啊？」

「怎麼啦？」

真二聽來好像很吃驚。我經常不在家，除非有急事，很少打回家，連我自己也不曉得現在為什麼要打回去。

「聚餐無聊死了。」

對，就是這理由——，我邊說邊這麼想。

「妳尊敬的那位岸光太郎先生呢？」

「他眼睛裡才看不見我呢，整個人都被白木篤郎迷住了。」

「哦，所以還有一個人哪。你們跟白木篤郎在一起，不是很厲害嘛。怎麼樣啊，那個人？」

「才不怎麼樣，就一個矮子，講話很大聲而已。」

真二輕聲淺笑。我接著不曉得該聊些什麼，話題就此中斷。我心想真二要是能講點什麼就好了，但他依然悶不吭聲，我開始氣惱了起來。

「妳明天就回來了吧？」

結果真二這麼說。

「不知道。」

我莫名地感到惱惱，拋出了這麼一句。

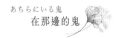

「昨天吃剩的醬煮鯖魚，被美晴吃掉了。」

真二忽然想到什麼趣事地這麼說。

「什麼意思？」

「有一隻灰色寒磣的傢伙啊，從今天早上就一直在我們家附近打轉，我喊那傢伙叫美晴。」

「野貓啊？你真討厭！」

「妳要是不回來，我就改疼那隻野貓好了。」

「好啊，你就那樣做啊。」

丟下了這麼一句，掛斷了電話。明明期待這個男人能說點什麼才打電話回去的，一打回去，卻只明白這男人已經對自己一點幫助都沒有了，明明就是為了他，拋棄了丈夫，連孩子都丟下。

回程又跟白木一道，只是不管在旅館到機場的計程車中或是等候搭機時，白木都已經不像來程時那麼聒噪。

說安靜，毋寧更像無精打采。即便只是跟他閒聊幾句，也只是講了幾句場面話後就又安靜了下來。感覺也不像心頭上還芥蒂著昨晚的事，而是已經對我這個人完全失去了興趣。

我要是之前有些什麼不一樣的表現，他可能就會對我這個人繼續抱持著興趣嗎？白木一直靜默，害我也無聊了起來，開始胡思亂想。不曉得他太太是個怎麼樣的人？昨晚餐敘時，聽他誇耀自己太太的美貌，他毫不害臊囂嚷著——「我老婆在文壇哪，可是數一數二的美人妻呢！」——要是他說的話是真的，那麼他這個人對於自己妻子的要求，也不過就是擺著好看而已了吧？不曉得那位穿著和服的文壇美人妻，這會兒正在家裡做著什麼等著她的丈夫回家呢？

「長內老師，切個牌？」

一副撲克牌輕輕遞到了我眼前。飛機已經離陸，繫好安全帶的指示燈才剛關掉。白木與去程時一樣坐在我鄰座。

「隨便切就好，喏——」

白木催促我，於是我把一副牌切成了兩份。

「有緣相識，我來幫您算一下您的將來好了。我算撲克牌可是行家水準哦，以前還在雜誌上開了專欄呢，從女星算到了政治家，大家都說我的撲克牌算得神準得不得了！」

牌還是全新的。剛撕開包裝的盒子就擺在白木膝上，難道為了幫我算，他還特地去哪裡弄了這樣一副牌來啊？這算是對於昨晚的道歉嗎？真是多費心了，還特地要幫我算命，我寧可他裝睡……。

「來——，您想知道些什麼？不管戀愛或工作都可以，但一次只能算一種哦，選一個吧。」

先不管我現在的情況，我過去的戀情他應該多少聽聞過，不管是從文壇的八卦或是我所寫的書裡。如果因此他要說出些什麼自以為是的話，我可吃不消，所以我說就算工作吧。

「工作嗎？要算工作啊？」

他威嚇似地確認了一下便把我剛切出來的牌面朝上，兩邊牌併攏在一起，開始在打開的餐檯上鋪起了牌。瘦短青白的手指頭擺動得幾乎令人感覺美妙，他一定時常玩這招吧？跟女作家同席或是在跟酒吧小姐調笑時。

「梅花8出現了……。嗯嗯，這樣啊——這邊呢……，噢，10！好牌呢這張。現在再來一張黑桃A吧！來……！來，妳看，來了呢，啵兒棒——！」

他故意把「棒」講成了「啵兒棒」，照例又是扯開了嗓門，惹來空姐察看。我一開始只是假意配合，一留神不知怎的，才發現自己居然正盯著白木翻開的牌猛看。

「長內老師，這張黑桃A會把您到目前為止的所有一切全部洗掉哦——」

「目前為止的所有一切……」

「這幾年內，您的寫作將會發生轉變，我這麼講，您應該就心裡有底了吧？」

我忍不住揪著白木的臉直瞧。事實上，我的確知道他在講什麼。我一直以來所寫的都是中間路線小說，大家都叫我流行作家，寫什麼都很暢銷，可是正如我已經對自己的男人感到厭膩了一樣，我也厭煩了自己所寫的東西。我早就想自己應該可以寫出更不一樣的小說才對。

「我可以相信您嗎？」

我故意打迷糊仗。

「不是我，是這牌這麼說的啊。」

白木一臉認真地回答。

德島起飛的飛機於正午過後抵達了羽田機場。那我先走囉——白木揚起了一隻手瀟灑一揮，便鑽進了計程車。說我沒愣住是騙人的，我早已想了半天，萬一他邀我去喝杯茶或吃午飯，甚至是喝點午後小酒，該怎麼回絕。

悶厭厭地踏上了回家的路。雖跟真二說過不曉得會不會今天回家，但眼前能回去的，也就只有中野那個家了。從機場搭乘電車，在最近一個車站下車走路回家。路遠心厭。一拐進了巷口，看見了自己家，渾似一團大黑塊一樣。一個與男人一起過日子的家映入眼簾竟如此一般，也就完了。也許對我而言，家向來是一團黑色的團塊，只是有那麼一時之間，與男人的愛戀將那團黑給遮掩起來罷了。

我繼續像出門前一樣栽進了工作之中，熱情愉快地擁抱比以往更多的工作量。與其煩心跟真二的關係還不如寫小說，也積極接了些出遠門的工作。結果到頭來，搞不好在家工作也跟人出了遠門沒兩樣，實際上，我有幾次在書房裡熬到天亮後下樓時正好碰到真二要出門上班，他還取笑我說「妳回家啦？」。

回家後，只跟真二聊過了一次白木。那時兩人喝著小酒，沒什麼話題，真二主動問起了他——那樣子的小說家，從妳們女人的眼光來看怎麼樣？——於是我提起了他幫我算撲克牌的事。可能有些女人會被那樣子就釣走了吧——我說。準嗎？——真二問。一點也不準——我回。沒跟他說真話。下一個月來到，寄來了好幾本最新一期的各種文學雜誌，其中一本收錄了白木一篇短篇。以廢棄的九州礦坑為舞台，描寫把養雞場燒光的一場意外大火與賣春少女、棄嬰的一篇。令人有點難受的內容。不過認識了白木這個人之後再去讀小說，反覺得心頭騷動。原來小說也可以這麼寫嗎？我也想寫這樣的小說。

我心想。讀第三遍時，我察覺，比起白木的小說手法，我更想知道的其實是白木這個人了。

把雜誌擱下時，日頭已開始斜傾。原本只打算午飯後翻個幾頁的，沒想到一頭就栽進去好幾個小時。我起身想泡杯茶再回去工作，這時隔著玻璃窗，看見了院子裡孤伶伶坐了一隻灰貓。

原來是真的？不覺莞爾。我以為真二在電話裡跟我講的那隻貓是他隨口胡編的，沒想到。一打開了玻璃窗，貓一溜煙跑了。也沒跑遠，就只是躲在睡蓮缽陰影下悄悄揪著這邊看。

「美晴——美晴——」

我想起了真二這樣喊牠，也試著這麼叫看看。

「美晴——小美——？」

貓一臉已覺索然無味的樣子，從樹籬間踱去了外頭。我頓時惱惱起來，用力啐了一聲。

接著去了二樓書房，挑了幾本自己寫的書，寫了封可有可無的信附在一起，包成了小包，打算讓出版社轉交給白木。

笙子

送女兒去上幼稚園回來，像算準了一樣，電話鈴聲響起。

讓彌惠去接就好了，我心想，但那邊似乎也覺得我該接起來一樣，依然黏在攤開了週刊的餐桌前不動。嗯，她不想接，我想。之前那通惹人厭的電話也是一早上打來的，那時打來的是個護士，不曉得在想什麼，講話態度像在盤問人似的。

萬一是幼稚園打來的呢？轉念接起了電話。否則一直響，我也不能不管。管它是誰打來的，現在不接，之後還會再打來。結果打來的既不是護士也不是幼稚園老師，而是菊川先生，之前在俄語教室認識的一位男士。

「白木太太，聽說您不來上課啦？真的嗎？」

菊川先生什麼招呼也沒打的一開頭就這麼問。聽這口氣，又是一個盤問的。

「是啊，倉促之間決定，也沒來得及去跟大家說一聲，真是不好意思。」

「怎麼會這麼突然呢？您不是才剛來上課不久嗎……？而且笙子小姐，您還上得挺投入的不是嗎？」

稱呼一下子從「白木太太」變成了「笙子小姐」，這下子更叫人覺得不自然，我早察覺到這位菊川先生對我有意思，他這樣子表現得露骨，我更是絕對不會去了。

「我先生那邊的工作有愈來愈多需要我幫忙的，時間實在不夠用……」

我對俄語教室的人謊稱篤郎的職業是國文學者，我幫忙他一些助理工作，這是我們兩人商量好決定的，萬一有人問起就這麼說。老實說是小說家的話，一定會有人纏上來說些有的沒的吧——篤郎這麼說——於是我笑著提議，不然說是警察好了。但這樣一被問起細節就穿幫，遭到了否決。早知道這麼快放棄，當初說什麼職業都無所謂。

「但是您現在放棄，將來一定一輩子都沒機會學了。現在辛苦一點，再堅持下去看看吧，也請您先生多多體諒、多多配合……」

啊——，這個人肯定是被戀慕的情緒給左右了，我心想。不然怎麼會對一個只不過是在兩個月內，每週只見一次面的人這樣鍥而不捨苦口婆心呢？真是，這世上拿著情愛的旗子揮舞走跳的人怎麼會那麼多？

既然如此，我也只有祭出家傳寶刀了。

「其實我對自己的身體情況也不太安心……」

「咦——？」

「懷了第二胎了，現在孕吐正嚴重……」

說孕吐嚴重是騙人的，但懷孕兩個月倒是真。菊川先生霎時尷尬地含混說了幾句那請您多保重啊真是不好意思之類，終於掛掉了電話。

「誰打來的啊——」

彌惠問道。大概從剛才就一直豎起了耳朵聽吧。我實話實說，一起在俄語教室上課的同學。

「說笙子姐妳不上課了他很寂寞嗎?」

我不打算回。五年前剛生下女兒時,住在佐世保的母親很擔心,於是幫我找來個住在家裡的幫傭,正是彌惠。小我六歲,今年正好三十。有時她的態度還真是讓人搞不懂到底誰才是雇主,做事也完全不算仔細,可是還好多虧了有她在,我才能出門上課,儘管只有兩個月。

當初提議要我去學俄語的人是篤郎。他那樣說,不過只是想對自己妻子講那樣的話看看而已,根本沒認真。所以我後來真的請市谷的語言學校寄簡介來拿給他看的時候,他才會那樣意外吧。

對我來說,是不是俄語都無所謂,我只不過想試試看自己在這個家外頭能不能達成什麼。結果只是清楚明白知道了自己根本什麼也做不到而已。不去了——是我自己這樣開口說的,因為我知道篤郎不想我去。

即使只是每週一次趁著女兒去幼稚園時匆匆忙忙的外出,到頭來,篤郎也受不了我不能在他想要我在他身邊的時候就在他身邊。雖然嘴巴上沒叫我別再去了，但每次俄語教室的日子，他總是故意吩咐我一些明明可以晚點再做的事，回家時，也總是比女兒更一臉迫切地等著我，這麼一來，我自然就覺得乾脆放棄好了。去上課的那陣子，覺得學得很有興致，但一決心放棄了，卻也察覺自己並沒有那麼想堅持下去。跟篤郎在一起之後，我的心，便被打造成了適合這男人的模式，不是被他，而是被我自己。

洗衣結束的響笛聲響起，彌惠動也不動。真是，都搞不清楚誰才是幫傭了。我只好自己去。我拿起了衣物，走出陽台。

從陽台可以望見中央公園那片大草皮。去年起，我們搬進了這棟一直編號到第十七棟的大型集合住宅南邊盡頭數來第六棟的二樓。當初一位認識的編輯抽中了集合住宅認購權卻因故無法購買，事情輾轉傳到了我們家，篤郎很有興趣。跟之前在小金井那邊租的房子相比，這邊既寬敞又乾淨便利，但不知為何，心情上卻感覺好像這邊才是租的。

是因為覺得買了都買了，沒辦法隨意就搬嗎？更直白一點，是沒辦法說要放棄就放棄，於是覺得自己好像待在了什麼錯誤的場所一樣。會是被篤郎的心境給影響了嗎？雖然他還沒那樣子說出口過，但無疑就像他所想的，成家是個正確的決定吧，是嗎？這問題有時候我也會在心底掂量，亦即——即使到了現在，我也依然是個不後悔與篤郎這樣的男人結婚的女人這件事。

曬完衣服回屋裡去時，佐香嬤已經醒來了。她是篤郎的祖母，今年算來已經有九十歲了。原本都是篤郎的妹妹在照顧，結婚時順道把她接過來一起住。彌惠已經準備好了佐香嬤平常慣吃的早點——在熱好的牛奶裡加進砂糖與切掉吐司邊並且切得小小的抹了奶油的吐司。我在佐香嬤對面椅子上坐下來看著她吃。

篤郎的親生母親在他四歲時與人私奔，他父親又是個放蕩成性的人，只有一次隨興來了我們在小金井的家裡坐坐，之後便沒再見過面，幾年後過了世。是這個祖母把篤郎帶大的。篤郎總是喊她「佐香嬤仔」，好生奉養。佐香嬤仔的臉上滿佈皺紋，只剩沒幾根毛的全白細軟的頭髮看起來好似鳥巢。老阿嬤緩慢蠕動沒有牙齒的嘴巴，一口一口確確實實地把盤中食物吃盡。我看著她吃完，但結果我所觀看的——又或者說，我所在找尋的——其實是篤郎。

「小海里唔在啊？」

「去幼稚園嚐。中午會回來。」

每天早晨的例行公事。跟佐香嬤講話時，我會轉換成佐世保腔。

用來當成親子三人臥房的六疊榻榻米大房裡擺了張矮書桌，那兒，便是我的「書房」。

佐香嬤回去她那間四疊榻榻米大的與彌惠共用的房間，於是我坐到了自己的矮桌前。每次一坐在這裡，女兒便知道阿麻麻在工作了，不可以吵她。但當然，不是每次總那麼聽話。

篤郎雖然不真的是國文學者，我卻的確是他的助手。他那個人沒辦法乖乖地把稿紙上的格子一格格好好填滿，每次總是先寫在筆記本裡，要有人幫他謄稿。現在能看懂他那些好像碎掉的小線頭掉滿一地的潦草小字的人，就只有我而已。

今天沒什麼東西要謄。不過篤郎有時候也會要我「幫忙」其他事。現下又不用去上俄文課，差不多該來做那件事了。彌惠完全不清楚篤郎的工作到底是在幹嘛的，無需避諱她的視線。

但是心思亂飄。中午該吃些什麼呢？回神過來已經在想這個。女兒今天會在幼稚園吃便當，所以簡單做個味醂魚乾配味噌湯來吃就好了吧？孕吐還不嚴重，但已不想吃得太油膩。晚餐要煮什麼呢？篤郎今晚不在，一大早就去了德島，要明天才回來。

我想起昨兒跟他的閒聊。他說這次德島演講還有岸光太郎跟長內美晴會參加。兩位我都沒見過。不過篤郎時常提起岸先生，我也讀過一些岸先生寄來給他的單行本跟雜誌上的連載小說，長內美晴則只有印象中在雜誌上看過她好幾幀大幀照片，還知道她曾經是小說家小野文三的情婦而已。

幾年前長內美晴寫了一本小說，赤裸裸寫出了她跟小野文三還有另一個男人之間複雜的三角關係。小說還在雜誌上連載時，我讀過了最初幾頁，剩下的沒讀，是因為正看到一半時篤郎剛好走過來，說那篇小說很無聊，別看了、別看了。他走過來的時間點之巧以及他那說話的口氣，要從其他方面解讀也無不可，可是我最後還是按照字面意思聽了他的話。其實要再讀也有機會，篤郎知道了應該也不會怎麼樣，只是我莫名就失去再拿起來看的興致——換句話說，跟俄文課一樣。

昨晚他提起那本小說的書名時，卻好像我曾經在他建議下，我們兩人都讀過了那本書一樣。他笑著說「男人被寫成那樣也真是無奈啊」，我也跟著笑了。我笑，是因為我發現他老早忘了。而除了忘記他自己叫我不要讀長內美晴的作品之外，肯定連之前發生的那件事，對他來說也像是從沒發生過一樣吧。

那通護士打來的電話。萬幸的是那天彌惠正巧送海里去幼稚園，家中只有我、篤郎跟在四疊半榻榻米房裡睡覺的佐香嬤。

我接起電話，轉給篤郎，因為對方說要找他——「麻煩請白木篤郎先生聽電話」。我也不想聽，所以沒事還是走到了洗手台那邊，但是篤郎那個大嗓門，隨隨便便就傳進了耳裡。是、是，我認識。嗄——？好、好，我知道了，我馬上過去。請跟我說一下醫院的地址。

接著篤郎便大聲「喂——」地喊了我過去，就像是要我幫他再拿一杯威士忌過去時一樣。一過去，他說「不好意思，妳幫我去醫院探望一個人好不好？」

「探病嗎？誰啊？」

「一個認識的女人割腕了。不曉得誤會了什麼，說是要我過去……」

「那應該你去呀。」

「可是我一去，不就讓事情變得更複雜了嗎？真的是天大的誤會啦，這種情況還是妳們女人家去比較妥當，妳去了，對方就不會鬧了。」

篤郎明顯亂了方寸，連常理也顧不了了。一般來說，這種情況下，難道他一點也沒有想到我跟那女人的心情嗎？他總之現在只想趕快把這件事情給解決掉，撇得一乾二淨。在他心底，那女人恐怕老早成了不相干的他人了，所以他才會毫不猶豫地要我過去。

我還真去了。換上好像要去哪裡的洋裝，半路上先去了一趟銀行，照篤郎交代的提領了一筆不小的款項。當然，我也知道一般做太太的這種時候才不會去醫院，可是「一般的太太」到底在哪裡我也不知道，對我來說，跑一趟醫院反而簡單，尤其我知道在心底深處，我已經開始原諒篤郎了。

那女人還不到三十歲。流了一堆血躺在病床上，看起來還是那麼豐滿可人。我聽過這個人的名字。那個「酒吧裡有意思的女人」。篤郎偶爾會提起她的名字。女人訝異地抬起頭來望向我，我一報出名字，她明顯大受打擊，哭了一會兒。不過終究我去的這件事似乎讓她徹底心死，只是不知道是否連這點也在篤郎的算計之中。

在病房待了快一個小時，聽那女人訴苦。篤郎曾對她說過、做過的，以及，沒有做到的。又聽她說了自己付出過什麼，講到一半時，護士進來探看，好像誤以為我是她姊姊，正在安慰被男人騙了的妹妹。

「真對不起……」我說。

「為什麼是妳道歉？」

這時候女人的聲音才開始轉為冷硬。

「妳也未免太傲慢了吧？」

我沒吭聲。我這態度如果被說是傲慢的話，我也只能傲慢了。我心想。這不是一種態度，這只是一種做法，我除了這種作法之外也想不出其他更好的方式了。

我把錢交給女人，出乎意料，她乾脆地收下，讓我鬆了口氣，接著回家。篤郎急切地迎我入門，說了句口是心非的話——「這麼快回來呀？」——看來他終於意識了到讓我跟那女人碰面的風險了。

「那女人有病吧？有沒有跟妳說什麼奇怪的話？」

大概擔心被彌惠與女兒聽見，篤郎站在玄關壓低了嗓門這麼問。別說女兒，彌惠倒是真的嗅出了不對勁，之後繞在我身邊打探個沒完。

「她大概也不是真的想死吧，應該沒問題了。」

我沒直接回答，只是這麼說。

「錢收了嗎？」

「收了。不過你晚點還是打通電話過去吧。」

「不好吧……，這樣一來又會變得很奇怪了。」

可是這個人哪，搞不好晚點會打。等一切緩和了下來，鬆懈了心房之後。接著那一通電話很可能又會讓他們重燃愛火，情緣再續，儘管可能只會維持一段短暫時間。

我心底這麼想，但當然沒說出口。還有些事我也沒說，那女人跟我坦誠以告之事。包括她拿掉過兩次篤郎的種。是啊，白木老師當然知情，他第一次的時候還來病房照顧我，說下次再懷上了孩子，就生了吧，可是……。

我一點都不打算告訴篤郎，那女人跟我說了這些。

「太太，今天晚餐要煮什麼啊——？」

彌惠從廚房裡拉開了嗓門問。我站起身，準備去洗米。今天在書桌前坐了個把鐘頭卻什麼也沒寫出來，算了，也是有這樣的日子。

要是沒放棄俄文課就好了……。這想法忽然掠上心頭。至少在那間教室裡與西里爾字母纏鬥的時候，根本不會想到這些有的沒的。

篤郎隔天下午回到家。

打了電話回來說人剛到羽田機場。「什麼像樣的東西都沒吃。」那聲音聽來怪可憐的，我趕緊出門去買本來打算傍晚再去買的食材。

「啊——，真好吃！家裡的飯最好吃了，真是！」

篤郎喝著熱騰騰的吳汁——用搗碎的黃豆去做成的味噌湯，昨天就煮好的——心滿意足這麼說。家裡其他人都吃過了，就只剩他一個人吃著稍遲的午餐。桌上還擺了水煮蠶豆、微滷過的佐世保蘆葦梗魚板跟鯨魚尾巴的生魚片。當然還有威士忌加冰塊，這已經是回家後第二杯了。

「還不吃飯嗎？飯已經煮好了呢。」

「哦——，那盛一點給我吧。」

午餐時，我們熱了早前的冷飯來吃，但篤郎只吃剛煮好的熱騰騰的飯，所以趕緊給他煮了一杯米的量。我拿起飯勺，輕輕拌鬆了剛用小土鍋炊煮好的飯，盛了大約三口的量到飯碗裡。

「芝麻鹽——」

呼呼——，篤郎發出了聲音把飯送進口裡。以前聽他說過家裡窮，還曾窮到只要是能放進嘴裡的什麼都吃，不過他吃相倒是很好看。

「人家海里也想要吃飯飯——」

大概看篤郎吃得那麼津津有味，坐在我身邊的女兒也開口央求。

「不是在幼稚園裡吃過了嗎？」

「想吃——」

「吃吧吃吧——，剛煮好的飯一定是比便當好吃的嘛。」

於是我在女兒專用的小飯碗——一個畫了「狼少年 Ken」圖樣的碗裡也盛了一點點給她。她也學她父親那樣撒上了芝麻鹽。

「好吃嗎？」

「嗯！」

「要不要也吃點鯨魚看看？」

女兒平時挑嘴，根本不吃生食，但當下居然也起興地一張口就把她老爸用筷子遞過去的鯨魚尾肉吃了下去，臉上表情瞬間五味雜陳，但總是吞了下去，說了聲「好吃」，惹得我跟篤郎都笑了。

「小海也吃得出東西好不好吃了呢，從小就吃這些東西準沒錯。」

篤郎輕柔地摸著女兒的頭。海里有點兒愣住，因為篤郎平時很少這樣。也不是說他不疼孩子，而是他不是一個特別喜愛孩子的人。今天看來是心情好得不得了，我心想。幾乎有點陶陶然了呢。一定是這一次出遠門去演講時發生了什麼吧，我心底有數。

「德島怎麼樣啊——？」

「妳也喝啊——。」

我跟篤郎幾乎同時開口。於是我站起來，去幫自己調了一杯威士忌加水，也幫篤郎再調了一杯。那些講懷孕的書裡都說孕期最好不要喝酒，但我在懷海里的時候，家裡就建立起了這樣的認知——只喝這麼一點點的話沒關係啦。

海里大概知道大人的注意力已經沒在她身上了，吃到一半的飯碗擺著，人就跑去了六疊榻榻米房。彌惠似乎正在那裡縫東西，應該會照看著她吧。篤郎之前才罵過她碗裡不可以留剩飯，但今天什麼都沒吭，大概注意力已經沒在女兒身上。

「本來我在那邊的時候想吃烏龍麵，但根本沒時間，演講會嘛，也跟我原本想的差不多，聽眾倒是來了很多。」

篤郎接過酒杯，一邊這麼說。

「不過我倒是見了個做戲偶的師傅，叫做近江巳之助的，妳聽過嗎？做淨琉璃的。」

「在演講會上認識的？」

「不是，我去了他家拜訪，因為長內美晴說要去採訪，我就跟了去。」

接著篤郎開始講起了那個人偶師的事，講了老半天。關於那個人的工作、那個人的心性之如何高潔，還有對於政府竟然冷遇這樣子的人所感到的忿懣。

一如尋常地篤郎總是這樣。我聽著聽著，開始覺得疏離了起來，接著微微悵然。我望著自己另一半的臉。篤郎是個無可救藥的說謊大王，但是他這種時候的慷慨激昂與忿懣卻是如假包換的真。這也是他這個男人最最糟糕的地方。明明砂滓就只要是砂滓，本質就只要是砂淬就好了。

在他這樣熱情說著的背後，也有些事情隱隱約約浮顯了出來。我意識到篤郎想要我問，於是我問——

「那個長內美晴是個怎麼樣的人？」

「還滿時髦的呢，出乎意外和服穿得很不錯。像那樣子的女人哪，一定有些男人會喜歡，這我懂，只是我一點也不中意那樣的。」

「人家搞不好也這樣看你呢，一定。」

「搞不好吧。不過我回程時候在飛機上幫她算了撲克牌唷，她還說很準呢，說嚇了一跳。」

之後長內美晴的書擺在了桌子上，在那之後大約一個星期左右。

剛剛寄來的那個小包裹中，大概裝的就是這些吧？其中一本，正是之前聊過的私小說。篤郎坐在椅子上檢查其他郵件，意識到了我在看他，拿起了那本書說「妳看看，作者自己寄來的。寄這種東西給我看，到底什麼意思啊——？」

篤郎笑著這麼牢騷。不過臉上表情很滿足，就像他喝吳汁時那麼滿足。

之後我要出門接海里時，篤郎喊了我——「幫我寄一下這個」。是給長內美晴的明信片。我接過來，走下樓梯時讀了。他特意要我寄，就是要我看吧。一張沒有什麼特別的致謝回函。只是不管是書也好、水果也罷，篤郎要寫謝函時向來要我幫他寫，這回卻快快自己寫好了，真是罕見——「書收到了，接下來捧讀。晚點也寄些我的書給您。感謝贈書。」——明信片上就只這幾句話就寫滿了，接著角落裡有些小小的字，像寫完後才想起來補上一樣——「占卜成效出現了嗎？」。

我把明信片投入幼稚園前的那個郵局郵筒中。撲通——。不可能聽得見的聲音震響了耳膜，一股熟悉的預感，又化為清晰的覺知甦醒。

CHAPTER 2

／

1966

夏至冬

美晴

天都亮了，真二還沒有回來。稿子沒進度。邊梳頭邊覺得煩躁。

低頭望了一會兒纏繞在梳子上幾絡髮絲。落髮。這種明知道是屬於自己身上的東西，為什麼還會湧起一股敵視般的心情？

恍然間，好像看見了另一幅光景。一張圓潤柔嫩的臉頰。揮去了黏在那臉頰上幾縷髮絲的自己的手指。臉頰好涼，因為一直在外頭遊蕩。手指頭故意輕輕從臉頰上滑下，探入小巧的唇中。咿——地傳出了一聲憨甜的歡聲。

事實上，我好像就聽見那聲音就從自己身後傳來。直覺回頭，卻只看見如常的書房模樣——堆疊的書本、停滯不前的稿子、杯底灘積著冷涼茶水的茶杯。

重新回到工作上。上午九點一過，下樓去打了通電話到真二的公司，跟接起電話的事務員確認了一下真二有沒有到公司去。還來不及說不用轉了，事務員就喊來真二聽電話。

「抱歉，我昨天晚上到那邊去了。」

「那邊」指的是我幫真二在公司旁邊租的一戶公寓。他已經一陣子沒用了，近來又常睡在那裡。

「睡那裡沒關係，但至少要打個電話，不然我會擔心是不是出了什麼事。」

「我還是死在哪邊比較好吧？」

「說什麼傻話——」

但或許真如他所說的，我之所以會一次又一次不停地打電話，心底想聽到的並不是他平安無事的消息。

再度拿起了剛放下的話筒，撥通出版社的號碼。負責的編輯很快地把我想知道的電話號碼告訴了我。事前已經想好了託詞，但是對方沒問。接著換上和服，今天是五月最後一天了，但還是決定穿上剛做好的一套琉球絣染單衣③。該用哪種腰帶去配這染匠個性獨具的紅呢？想來想去怕顯得刻意，選了一條常綁的米色染帶。搞了半天終於穿戴完畢，把寫上方才得知的電話號碼的那張小紙條收進了手提袋，走出家門。

外頭是熱豔的晴天，一絲風兒也沒有，溽暑蒸人。在大馬路上攔了輛計程車，搭了四十分鐘左右，在櫻上水車站前下了車。是個我從來沒有來過的私鐵車站，跟我們那兒的中野地區相比，站前顯得很清爽，但也因此有種好像急就章剛整頓好的空蕩。我四下張望，找到了一個電話亭，打了紙條上的號碼。心上沒有一絲猶豫。我告訴自己，這不是什麼需要猶豫的事。

「喂——」

接起電話的是個女人的聲音。很沉穩。

「請問是白木老師府上嗎？」

「是。」

「我是長內美晴。請問白木篤郎老師在不在？」

「喔——，請您稍等。」

對方聽見了我名字後有種愣了一下的感覺，雖然不很明顯。一個小說家的妻子，聽過我的名字大概也不奇怪。

我聽見了話筒放下、移動的腳步聲。接著是一聲好像拉開了很沉的拉門的聲響。白木大概是在書房裡。聽不見交談聲。不知道對方是怎麼樣把我致電的消息傳達給白木的?老公,你的電話,長內美晴打來的。篤郎,你的電話,你猜猜是誰?胡猜亂想地又聽見了腳步聲。比方才的沉,更快。拉開椅子的聲響、嗑叩撞到了什麼的聲響,腦中浮現出一個小而窄憋、擺滿了物什的家裡。

「喂,我是白木。」

忽然傳來一聲響亮低沉的聲音,我感覺腦子裡天旋地轉。

「您好,我是長內,不好意思這麼突然打電話過去。呃——,我現在人剛好在櫻上水的車站前面。」

3 琉球當地以絹絲爲主的傳統植物染織品。單衣爲沒有內裡的夏季和服。

一鼓作氣這麼說完後，

「我想寫個跟集合住宅有關的故事，所以跑來參觀，剛好想起您的確是說過您就住在這一區的集合住宅吧，所以……」

白木詫異地出聲。

「嗄——？」

「噢——，好啊，我現在過去找妳，妳人在車站哪一頭？」

我按照白木所交代的沿著短短的商店街往下走，在出現在眼前的集合住宅圍籬前等他。明明是自己跑來找他的，卻怎麼感覺好像是莫名其妙被捲進了什麼狀況裡頭？白木一定覺得我這超乎常軌的舉動很離譜吧，可是……怎麼覺得連這也似乎是被他所算計，而不是出於我自發的抉擇？

白木騎著腳踏車來了，他沿著集合住宅周圍坡道緩緩騎上來，唧咿——一聲在我面前停下了腳踏車。他今天穿著簡便，一件奶黃色長袖高爾夫球衫配上一條土黃色燈芯絨長褲。

「哎呀呀——，這是哪裡來的皇太后大駕光臨了——？」

這就是白木對我說的第一句話。他說的到底是我的和服還是調侃我忽然造訪？我輕聲說了些抱歉打擾您之類的客氣話，白木忽然下了腳踏車，說「我帶妳四處轉轉吧」便邁開腳步，往他剛才來時不同的方向，朝集合住宅裡面走去。

開闊的石片路兩旁，林立著嶄新的淡粉色五層樓建築。步道兩側環著一圈還不是很高的櫻樹。這片集合住宅應該才剛興建好不久吧，跟車站前一樣，有種疏離味。乾淨是乾淨，大而乏味。

「妳要寫些關於集合住宅的什麼啊？」

白木這麼問。

「唔，我想把下一篇短篇的主角設定成是住在集合住宅的人，所以想來看看，搞不好會有什麼想法。」

「很無趣的地方吧？」

白木似乎看穿了我的心思。

「您才搬來這兒沒多久吧？」

我知道是因為白木之前在德島演講會後的聚餐上，提起過這件事。他那時候說是個像科幻小說場景一樣的地方，口氣毋寧帶著自豪。

「不過反正無聊一點的地方，寫進小說裡頭才有意思。」

他說明這邊的房子總共從一號編到了第十七號棟。沿途隨處看見了幾個焚化爐，有的裡頭冒出了煙，飄散出一種令人不快但又莫名感覺懷念的味道。步道穿透了集合住宅的內部，走到盡頭處，有個被包圍在喬木裡頭的小公園，擺了幾張木頭長椅圍成了一個圈，彷彿是特地為了方便男女幽會而規劃的區塊一樣。我們沿長椅走了一圈，白木問我「要不要坐下？」接著又自己接口，「算了」。

「對了，去溜滑梯那邊看看吧。」

於是我們沿著來時路又走回去，半路上左拐，這回出現了一片有戲沙區與遊樂器材的小朋友們的公園。他說的溜滑梯，就在正中央一片稍微高一點的區塊，一個兩層樓高很寬的龐然大物。「妳要不要溜啊？」白木問，我說：「開玩笑吧？」於是他自己跑上了階梯。

一跑到了頂頭，他往下直望著我笑，咧開了一口亂牙。我看見那笑容時才意識到，這個男人，因著此刻我在這兒，因著跟我一起在這兒，已經心慌意亂得不知如何是好。

他依然笑著，併攏了雙腳、高舉雙手以一種滑稽的姿勢往下溜。一旁玩耍的小孩子滿臉狐疑望了望他又看了看我。白木對著一個小孩問，要不要跟叔叔一起溜啊？那小孩子沒理他。白木又嘩——！地大聲嚷嚷著一路沿著滑道往上衝，沒走一旁的樓梯。

公園邊有片寬幽的草皮，我們也去了那邊。正好是正午時分，只有一對帶著稚子的年輕夫妻在草地上攤開了墊子正在吃便當，沒其他人。我們從那些人的面前走過，踩響了草皮，沙沙——沙沙。

白木忽然停下腳步，伸手指著面朝草皮的一棟建築物。

「二樓邊角那間，就是我家。」

我望向那些好似排在盒子裡頭的餅乾一樣的其中一個陽台，曬衣桿上的衣服翻飛。毛巾、水藍色的幼稚園服、小巧的木箱上一盆開了紅花的花盆。是秋海棠嗎？

「您家中有小孩呀？」

「是啊，我女兒，今年要五歲了。十二月還會再蹦出來一個。」

「哇——！真是恭喜。」

「我奶奶也跟我們住在一起。快九十歲的人了，每天晚上抽菸喝酒的。是她把我帶大，我太太也對她很好，不過她大概也沒想到自己人生的晚年，居然會被帶到這種地方來住吧——」

「這個地方很乾淨、很舒適不是嗎？」

白木給了我一個「別說客套話了」的眼神。真是，還不就是他自己選擇要住在這種地方嗎？還是說，他跟我一樣，也偶爾會感覺自己好像被強迫似地、彷彿生活中出了什麼差錯的異樣感也會無端從他心底冒出嗎？我避開了白木的眼神，抬頭又仰望了那些建築物。建築物的後方，朗朗藍天。我帶著一種無以言說的心情眺望那片藍與淡粉外牆的搭配。兩種看起來都不像是這世間的色彩。像是唯有我與白木才看得見的色彩。

接著他站起身，我以為他會邀請我去他家，正想著該怎麼拒絕才不用跟他的家人一起吃午飯，都已經這樣思索了，他卻帶著我走向集合住宅的出口。那條上坡路，正是白木方才出現的那一條路。白木牽著腳踏車陪我走到車站前，路上完全沒講話，好像是只要他一講了話，就會沒法把我送走一樣。

「就這樣囉，妳好好寫啊。下一次我們好好喝酒談興吧。」

抵達車站時，白木好像終於鬆了口氣這麼說。

我讓小說女主角在集合住宅裡頭走著。白木迎面而來，慢慢踩動腳踏車，眼光飄向了女主角，接著一臉百無聊賴地與她擦身而過。

女人把一疊信投進了連結到焚化爐的垃圾槽口後，頭上傳來了一聲開門聲，白木走下樓來，手上牽著一個穿著水藍色幼稚園服的小女孩。女人離開。白木來到垃圾槽口前面，只往裡頭丟入了一封信。

我把筆放下，走到樓下。真二今天晚上大約八點的時候回來了，但我一直關在書房，只稍微見到一眼。他在他自己鋪好的被褥裡頭睡得正香。我解開腰帶，只剩一件長襦袢，鑽進了真二的棉被裡。

由背後抱住男人，把唇鼻貼上了男人露出了針織內衣領口的頸子。當初在愛上了這個男人之後，我才首次感覺到自己活著。我逃離了夫家，心頭滿是激昂，壓過了不安與罪惡感，但是真二完全沒想到我會做到那地步，無法承擔責任的他最後拋棄了我。我開始獨自一個人在東京生活，開始寫小說，認識了小野文三，愛上了小野文三。小野是個有家室的人，但是我們兩人相愛。半同居地過了十年的時候，真二又再度出現。當我看見事業失敗風霜滿面的他，犯錯選擇了他。我們彼此將各自的內疚塞給了對方，告訴自己，那就是愛。就這樣自我欺騙呀騙呀騙著就來到了今日，如今我環抱的這個男人到底是誰，我已經不曉得了。

真二醒來，轉向我，把手塞進了我長襦袢的胸口，嘴中咕噥著：「餵飼料的時間到了嗎？」

我沒生氣。只是誰才是誰的飼料呢？我心想。我們彼此還剩下什麼可供對方品嚐的部分嗎？吃完了，也就結束了。所以我們才吃的吧？

「太好了，妳在家啊？」

白木打來的電話。傍晚八點過後。我剛隨便吃了點晚餐，正想泡茶喝的當下，電話就響了。

「我在妳家附近，方便過去坐一會兒嗎？」

好啊，請來請來——，我說，其實心頭嚇了一跳，不知如何是好。想到自己先前的行徑，不這麼說又不行。

「妳家裡有酒嗎？」

「有，啤酒跟威士忌。」

「太好了，那待會兒見囉。」

不到三十分鐘，白木就來了。他身後正開始下起了雨。我請他到榻榻米房，兩人隔著小茶几面對著面坐下。

他說他要威士忌加冰塊，我於是拿來酒、冰塊跟酒杯，他便連我的份都自己幫我倒了。他二話不說，先啜了一口，嫌棄「真難喝，妳如果要喝威士忌，至少家裡要擺一瓶老帕爾④啊——」

「這是我家男人喝的。」

我覺得他那副厚臉皮的態度很有趣，這麼告訴他。

「那個人今天怎麼了？還不回家嗎？」

「我也不知道。誰曉得？」

「他要回來就好了，我們三人一起喝，一定很有意思。」

他話是這麼說，也沒問起那個男人現在在哪裡、要不要叫他回來，甚至表現得一點也不覺得自己跑來一個有男人的女人家裡有什麼奇怪的樣子。

白木今天穿了一件細條紋的有領襯衫，套了一件夾克，跟第一次去演講時看見他時的打扮一樣。開始喝酒後，他把夾克脫掉，我接過來拿去衣架上掛，等回來的時候發現他竟然連襪子都脫了。這個男人無疑粗野無禮，但又感覺他好像是刻意那麼做，就像小孩子第一次去別人家裡時會刻意玩得很瘋一樣。白木盤起的腿看起來白皙瘦弱，可是腳踝又明顯大得與他的體格不成比例，被燈光一照，顯得醒目。

「您今天從哪裡過來的啊？」

「今天剛好有事，去了一趟新宿。」

他沒有正面回答，感覺他搞不好從一開始就打算要來我這裡了。

「妳這兒離紀伊國屋也很近，真是方便。妳平常都讀些什麼小說家的作品啊？讀不讀福克納⑤之類？」

讀啊，我說。但白木卻一副反正妳一定沒真的讀透吧的態度開始滔滔不絕講了起來，大談特談這位美國小說家精彩之處，講得好像是在講他自己一樣，我看搞不好他還真的是在講他自己。

剛這麼想——

4 蘇格蘭威士忌 Grand Old Parr。

5 William C. Faulkner，1897～1962，美國南方文學與意識流文學代表人物。

「說到紀伊國屋，之前我在那邊碰到一件很妙的事呢，我看到一個男人很認真地在讀我的書。」

他開始說——

「那個人實在看得太投入了，該怎麼講，他看到我都覺得有點感動或說欣喜了，後來那個男人把書拿著打算離開，我還想，該不該過去跟他說幾句話呢？說我就是您手上這本書的作者，您不介意的話，我幫您簽個名吧，這之類的。結果那個男的居然拿著書就走出去，也沒結帳，我這是活生生看到了一樁光明正大的竊盜了呀，真是嚇壞我了。要是早一點跟他搭訕的話，不知道事情會變得怎麼樣呢，光想就覺得好妙……」

「好像小說的情節……」

「是吧，妳也覺得我是在胡謅吧？可是是真的啦——，每個人都說聽起來根本就是我寫的小說，可是要是讓老子我來寫的話呀，我一定把它寫得更精彩！」

這下子，「我」變成了「老子我」了。就這麼天南地北閒聊，幾個小時咻——一下就流過。剛過午夜十二點，白木刻意瞄了一眼手錶，說了聲「都這麼晚了啊——」便起身要離開。好啊，改天再喝吧。他態度中也不見想要我挽留他的樣子，一轉為冷淡，快速穿上了外套。外頭雨已經下得大了，我遞給了他男用雨傘，他也毫不客套一把接過，接著就像走出自己家門一樣毫無遲疑地走了。

一星期後，他託稱要還傘，又來了一趟。之後大約每兩個星期便會來個一兩次。

真二與白木遲遲沒有機會碰上面。白木說什麼三個人一起喝酒一定很有意思，但是每次要來我家前，一定會先打電話。一從我的反應中察覺到了真二在家，便說「我下次再打給妳」，接著掛斷。不過我也從沒跟真二隱瞞過白木的存在，畢竟我得解釋家裡頭怎麼會無緣無故擺起了老帕爾，更何況我跟白木的關係，的確僅止於隔著小茶几喝上個兩三小時的酒友而已。

有時候男編輯來家裡拿稿子後，我也會留他們下來吃吃喝喝，所以白木也可以視為是這樣子的一個人，但是真二恐怕還是察覺到了。察覺到白木於我是個特別的男人。

有一次白木前腳才剛回去，真二後腳就跟著回來了。

「噢——，白木先生來過啊？」

真二瞥了一眼還維持著白木離去前狀態的小茶几，無所謂地這麼說，隨手拿起了一塊白木當成伴手禮拿來家裡，我們倆方才還在吃的押壽司塞進了嘴巴，臉上沒有一絲一毫不快或嫉妒的神色，但卻戴上了一副面無表情的表情。

「妳知道嗎？我們兩個人是同一天生日耶。」

有一晚，白木這麼說。

「是嗎？你也是五月十五日生？」

「妳現在幾歲啦？」

「四十四。」

「那大我四歲。」

「是嘛？我還以為我大你更多歲呢。」

其實我老早在白木著作的作者欄裡確認過了他是哪一年出生，知道他跟我相差幾歲，但我還是這麼說。

「你太太今年幾歲啦？」

「唔……三十六了吧？」

這我倒是不知道。小白木四歲，所以比我年輕多了。

「你太太的聲音很好聽耶，感覺很溫柔……」

「咦……？妳什麼時候跟她說過話啦？」

「去集合住宅找你那一次啊，我不是事先打了電話去你家嗎？」

噢——，是啊是啊，白木的聲音鬆了一口氣，沒再像上次演講時那樣拿老婆出來誇口，但這卻反而讓我更想從他口中聽他說說他的家庭狀況了。

「應該很明顯了吧，預產期是十二月的話……」

「也不會耶，她本來就瘦。」

「你家上面那個是女孩子吧，會不會希望下一胎生男的，還是兩個都女孩比較好？」

其實我老實說，一點也不在意他回答什麼，我想知道的是別的，比如說……他是不是打算繼續這樣下去，一直當我的「朋友」？但是不能那樣問，所以需要拐彎抹角。

白木沒回答。他悶不吭聲地視線落在了酒杯上，看起來也有點像是在生悶氣，我開始懊悔，他該不會覺得我是個無趣的女人了？就在這時——

「妳沒想過要生孩子嗎？」

他忽然這麼問，我像出其不意被人掐住了喉嚨一樣，但當然白木並不知道我所有的過去……。

「我生過一個女兒啊。從前夫那裡逃出來的時候，把她留在那邊了，就這樣將近二十年沒見面……」

「這樣啊——」

白木輕聲說，彷彿像在自言自語，而不是在說給我聽——

「我母親也拋棄了我。她遇上個男的，離家出走，我四歲的時候。」

我忽然不知該怎麼接話。驀然想起他以前說過他是被奶奶帶大的，當時只以為是他母親大概很早過世了吧……。

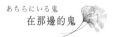

「後來你跟伯母都沒有再見過面嗎？」

「只有一次。我還小的時候自己去找過她，我們還在佐世保那時候。那時我奶奶叫我不要去，可是我很想她。結果最後果然跟我奶奶說的一樣，不去比較好。」

我再次不知道該怎麼接話。沒料到白木獨自嘿嘿笑了起來，一臉羞赧又不知如何是好的笑。

「還真是奇特的巧合噢，我跟妳。」

玄關處傳來了門打開的聲音。啊，真二回來了——我心想，卻渾沉的不能動，只是像個局外人一樣默坐著看真二輕快地走進來，兩個男人互打招呼。

接著我們三人一起喝了大概一個小時左右的酒，一開始真二感覺有點不知所措，但他後來也被白木那談笑風生的風采所吸引，還哈哈大笑了起來。後來真二站起來之前，白木快他一步起身，說聲「我差不多該回去了」。

我送他出去，一直送到了門外。看在真二眼裡，搞不好覺得我是追著他出去吧。無所謂，我實際上搞不好真是追著他出去。一向總是轉身瀟脫就走的白木，這一晚也要邁出腳步的時候，忽然像想起了什麼，轉身過來說——

「下個月九州之行……」

我接了一場演講，下個月會去福岡一趟，剛才稍微跟他提過。

「我也會去，同樣時間。妳確定要住哪家旅館之後，跟我說一聲。」

我愣了，望著他。他轉過身去那一瞬間嘿嘿笑了起來，跟方才一樣有點羞赧、有點不知如何是好的笑。

那一年冬天，我在京都買了一戶房子，正式與真二分手。

沒有任何糾纏不堪。真二很爽快地就從我的人生離場。像是一個長久被不眠不休拷問的人終於獲得了原諒，終於可以倒在床上歇口氣般的離別。原來，不論纏得再怎麼緊的繩索，只要一方不再緊緊拉住，竟然這麼輕易就解開了。

我很羨慕真二。已經獲得了自由的真二。只剩下我還在原來的路途上踽踽獨行，那一條我為了真二拋夫棄女後，便一直踏上的路。

我望著門。

夏天時，那扇門打了開來，白木走了進來。在博多一家旅館的某間房間。從那之後，門開了幾次呢？

現下是十二月末。我正在目白台的一間公寓裡。這是我買了京都那間房子後立刻在東京租下的公寓，用來充作在這兒時的工作室使用。那扇門，今晚也被打了開來。穿著灰色長大衣，圍著濃綠色圍巾的白木手上拿著一個蛋糕盒出現。

「簡直像在跳樓大拍賣一樣，我就買了一個。」

我在客廳桌上打開，裡頭是個聖誕蛋糕。大概是很隨興提著來的，裡頭的聖誕老公公已經撲倒在了生奶油上。對了，今天都二十五號了呢，我這才想起來。一直埋頭工作，都沒時間注意到聖誕節這件事。

「現在吃嗎？」

我在加進冰塊的酒杯裡倒酒，一邊問白木。不要，我不吃。白木這樣說。

「妳晚點自己慢慢吃吧。」

「我一個人哪吃得完啊？」

「是嗎？那我帶回去吧。」

反正他根本就會擺在這兒，我心想，啜了口威士忌。烈酒從喉頭流過，稍微鬆開了一直緊繃的神經。

「墳墓的事，弄得怎麼樣了？」

「哎……，反正我們家也沒墓地可以葬，我妹雖然跟我囉哩囉嗦了半天，但我奶奶的遺骨，權利可是我的耶——」

講得好像遺骨是什麼財產一樣。白木的奶奶在十天前左右過世，那一天我們原本要碰面，臨時取消，所以他也通知了我。

「哭得很慘吧？」

我之所以會那樣問，是因為那天晚上白木整個人的感覺很不一樣。我才不會哭呢——他說——早有覺悟了，早知道這一天早晚會來。

「她走了後，我還給她拍了照片。」

「照片？遺體的？」

「我老婆試圖阻止我，可是我就是想拍呀，不曉得為什麼。不這麼做的話，心情上感覺好像沒辦法告一個段落。」

不知為何，心底起了一陣騷湧，我乾脆起身去拿刀子回來，讓聖誕老公公重新在蛋糕上站好，把那一部分切了下來。我一開始吃，剛才還叫我自己一個人吃的白木居然開始嚷著「妳那一塊留給我啦——！我等會兒帶妳去吃其他好料。」

「第二個孩子快生了，我家裡的人說啊，奶奶搞不好會變成那個孩子投胎轉世回來。」

「快了耶，你還待在這裡沒問題嗎？」

「有什麼問題？」

白木促狹地這麼回，一把將聖誕老公公從我切下的那塊蛋糕上捏起，叼在他自己嘴裡，擺出了一臉火男的表情，用那表情往我逼來。我趕緊逃啊，兩個人嬉嬉鬧鬧進了臥房。

做完了愛後，兩個人肚子都餓了，出去吃飯。我穿戴好準備出門的時候，白木已經穿好大衣，正在笨手笨腳把他那條圍巾圍在脖子上。

那模樣是如此可愛，我忍不住伸手去幫他把繫得太緊的圍巾稍微弄鬆一點。白木往後退了一步，對我說——「這條圍巾不錯吧？」

「顏色很美。」

「想要的話我賣妳五千塊錢，怎麼樣？」

「太貴了吧？」

「這條可特別了，我老婆編的耶——」

「哇！那我花一萬塊錢跟你買，賣我呀。」

白木瞇起眼來一笑，大概很鍾意我這回答吧。兩人發展成了男女關係後，他比剛初識時更露骨地在我面前炫耀起他老婆的種種。

白木就是這樣的男人。我已經知曉。我已經無可救藥愛上了這樣的男人。

笙子

傍晚，篤郎剛出門又馬上掉頭回來。

忘了忘了。說的是圍巾，把昨晚上剛織好給他的那條綠色圍巾拿過去給他。「幫我繫」——他說，「好暖啊，真的」。笑得開心得連我都覺得不好意思了起來，他說聲「我走啦」便走下了樓梯。

孕期最後一個月，挺著個大肚子行動不方便後，我開始織起了小寶寶要用的各式小物品。一織就上了癮，連篤郎的圍巾都幫他編了。我只是用家裡現成的包裝紙稍微包裝一下，遞給他說「篤郎，聖誕禮物唷——」，沒想到他喜出望外。

現在纏繞在我那張六疊榻榻米房書桌旁的小聖誕樹上的彩色燈泡正一閃一閃明滅閃爍。去年起，我們開始會在聖誕夜時，在女兒的枕邊擺上聖誕節禮物，但是今年才開始擺聖誕樹，因為海里發現除了幼稚園之外，朋友家也有聖誕樹後，吵著我們家也要有，於是前天趕緊去張羅了一整套聖誕樹跟裝飾品陪她一起裝飾。小孩子長到五歲之後，開始會在外頭學會很多事，反過來講，也可以說是慢慢有了一個「人」的樣子了，不再是父母親的附屬品。這麼天經地義的現象，卻讓我大受衝擊。我原本還擔心篤郎會不會不高興家裡擺了一棵聖誕樹這樣的東西，但沒想到他沒抗拒，只是說噢，很漂亮呀。不過我知道，他一定只是現下心情很好，才願意接受，明年可就難說了。

海里跑來飯廳。剛才似乎人待在四疊榻榻米房裡。現在那房間裡擺了一張供奉佐香嬤的小供桌，上頭放了佐香嬤的遺照。海里似乎覺得很稀奇，時不時跑去看。佐香嬤走的時候海里沒有哭，不過好像懵懵懂懂也知道點死亡的意思。

「吃蛋糕。」

海里撒嬌說。上星期兩位編輯來拿稿子時帶了一個聖誕蛋糕來，我們吃了半天，還吃不完。

「現在吃蛋糕，晚餐就吃不下了。今天晚上有聖誕大餐喔！」

「有什麼？」

「等晚上才能知道。妳可不可以幫阿嬤嬤去拿一張摺紙來？綠色的。」

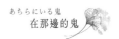

話一說完，海里馬上忘了什麼蛋糕不蛋糕的，跑去拿摺紙給我。我跟她說還不能看唷，用綠色摺紙剪了四棵小聖誕樹，在每一棵背後黏上牙籤。

其實說是聖誕大餐，只不過是炸了一些可樂餅而已。我讓彌惠先裹好麵衣，我自己放下油鍋炸。可以的話，我其實連炸可樂餅這件事都想交給她，但是彌惠每次都分心想馬上去做別的事，不看好油鍋，真是太危險。今天把平常做成扁平狀的可樂餅捏成了球狀，炸好後，盛在白色西式餐盤上，插上摺紙做成的聖誕樹。

海里看見時開心得歡呼。雖然長大了，但光是這點小準備就能讓她開心成那樣，還是讓人很欣慰。另外還幫她做了沙拉跟玉米濃湯，我們大人們吃的，則擺了春菊豆腐泥跟昨天吃剩的鯛魚生魚片醃胡麻醬油，算是一如尋常的日西合併。今天晚上篤郎不在家，省了很多工夫。

差不多快吃完時，肚子隱隱約約痛了起來。離預產期還有三天，心想大概只是吃太飽了吧。一陣子後，終於確定是陣痛沒錯，趕忙慌張準備。

我小心別吵醒海里，輕手輕腳走出了家門。差不多在剛過深夜十一點時，在離家步行十分鐘左右的醫院待產室安歇了下來。

彌惠終於回去了，我鬆了口氣，不然她一直在那邊叨唸「篤郎先生怎麼還不快來啊——」。單人房。我把枕頭靠在床頭板上坐了起來，看見眼前的房門。門上掛著一份月曆，是個正在戲雪的小孩子照片，剛好跟海里差不多年紀。陣痛間隔還很久，還不大辛苦。

護士進來做了一些處置觀察，鼓勵我說「第二胎了，很快的」。第二胎。真難以相信自己竟然要成為兩個孩子的媽了。生海里的時候，妹妹還感嘆萬千地說「真不敢相信笙子妳要當媽了」。

懷海里時跟篤郎還沒有正式結婚，只有兩家父母親一起吃了頓飯代替婚禮，遲遲沒有去登記。我倆心想，那不過只是一種儀式而已，根本不重要。至少當我們提及這件事時，總是彼此確認對方也是這麼想的。如今回想起來，那大概算是一段猶豫期吧——儘量把事情往後拖，在它變成無可挽回以前。這種心情或許篤郎比我還強烈。海里在二月出世，一個比今天更寒冷許多的日子。那天我早上去了一趟澡堂，回程路上破水，篤郎人在家裡卻不想來醫院，最後是海里已經出生了之後，才到醫院露臉。

不曉得是先去哪裡喝了酒才過來，酒量很好的篤郎那天難得大醉。當護士氣噗噗地把海里抱來給他看的時候，篤郎竟然發出「呃啊哈哈」的怪聲，無論是那聲音或者他當時的表情，我都是頭一次見到。我感覺彷彿有什麼溫熱的水慢慢流進了我體內，慢慢地盈滿了方才還被海里佔據的空間。我感到無比幸福，也無比畏怕。篤郎是怎麼了呢？總之去幫海里報戶口那天，我們登記了結婚。回程的時候，篤郎拿出以當時我們經濟狀況來說需要非常大的決心才拿得出來的一筆錢，買了一台 Nikon 單眼相機。他幾乎每天都拿那台相機拍來拍去。我把照片貼在相本上，擺在客廳裡放電視的那個櫃子裡面。海里有時候會自己挖出來翻看，有時候也會喊我一起看。吸奶的海里、跟我一起泡澡的海里、包在毛巾布裡的海里。也有我幫篤郎跟海里拍的照片。抱著海里的篤郎、把海里扛在肩上的篤郎。海里會故意指著嬰兒時期的自己問道：「誰？」我也學她，指著篤郎問。有時，也指著我自己問。

「您先生現在人在哪啊——？」

護士問。我說我也不曉得，他在工作。

「那沒辦法了。反正回家以後沒看見太太，應該就知道人在醫院吧？」

是啊，我點點頭。這家醫院的人已經知道了篤郎是位小說家。一開始的時候覺得很煩，但這種時候倒是方便。無論是這種時間還沒回家或根本就不知道他人在哪裡，大家都可以接受——「畢竟是小說家嘛」。

護士走了出去。我開始思考篤郎現在人在哪裡的這個問題。也不是特別想去想這件事，但大家一直問，彌惠又那麼想知道。

當然是跟長內美晴在一起吧？

我幾乎可以毫無疑問確定。沒什麼好奇怪的，他每次出門前不明說要上哪裡去，就是去會情人，而現下他的情人，正是長內美晴。

當然我不知道他們兩個人是怎麼會在今年四月去了一趟德島演講後，發展成今天這個關係。長內美晴打電話到家裡來，是今年五月底的事——我是長內美晴，請問白木篤郎老師在不在？——她說話速度有點快，聲線有點高，感覺像唱歌一樣，但是聽起來稍顯緊張。我現在還能在耳朵深處回憶起那聲音，就代表那時候或許我也很緊張吧？

我出去一下。她說人剛好來了這附近——篤郎只這麼說明後，人就出門了。我那時候正在準備午飯，也不知道他大概多久會回來，午餐又應該準備幾個人的份量。想問但沒問，不曉得為什麼就是問不出口，我也不想聽。後來我打算做俄羅斯餃子⑥，要是篤郎帶她回來，我就讓他們先吃俄羅斯餃子當下酒菜，喝點紅酒什麼，我則趁那時候趕緊想好下一道菜色，這樣子應該沒問題吧？要說我期不期待，或許我心底是有點期待篤郎帶她回來。

沒想到篤郎不到一個小時就回家了。長內美晴回去了？我問。嗯，回去了啊，說

⑥ pelymeni，也叫西伯利亞餃子。

什麼想把集合住宅寫進小說裡。篤郎只是這麼回答。啊——，肚子好餓啊，吃飯了吃飯了。接著他吃俄羅斯餃子吃到一半時忽然說，噯，要是知道妳今天午餐做這個，我就叫她來家裡吃飯了。但是那口氣明明就沒打算叫她來。

之後六月的時候，有一次篤郎帶了一把男用雨傘回來，說是從長內老師家借回來的。

編輯一直問說要不要去長內老師家坐坐，推不掉，只好一起去了。她住在中野一戶獨棟住宅。噢喔，對了，那個男的也跟我們一起喝酒了呢，就那個被寫進了小說裡的那個……。房子有點年代了，室內有些昏暗，還挺風雅，不過就那個男的還真是無趣，真是的，怎麼會為了那種男人拋家棄子呢……。酒也只擺了角瓶，真是我一看就心底發愁……。

我並不知道他的說詞裡有多少是真、多少是假，但大概可以想像一切應該是從那一陣子開始的。甚至連篤郎到底什麼時候跟長內美晴發展出了肉體關係，我大概都可以毫不失誤地準確猜出。因為即使連我有孕在身了，篤郎都得要努力克制才能壓抑下去的性慾，忽然在某個時期起安分了下來。

這事如果跟妹妹蒔子說——第一次發現篤郎有女人的時候不小心對蒔子說了，那之後篤郎沒跟那女人分手，直到現在我都還被蒔子奚落「笙子，妳真的自甘沉淪耶」——不曉得她會怎麼說呢。想起不禁覺得好笑。但我對篤郎的女性關係之所以如此清楚，說到底，還不是他根本就想讓我知道。要是這麼跟蒔子坦白，不曉得她會是什麼表情——。

跟篤郎相遇在二十三歲、他二十七歲的時候。

地點是在佐世保松浦町的早坂先生家。我從女子學校畢業後，在佐世保市內的高中當國文老師，同時期也加入了共產黨青年分部，參加了左派劇團。早坂先生是左派社運人士，我很敬重他。

當時有個交往對象，可是我心底對這段戀情很猶豫，所以去找了早坂先生商量。現在如果能夠對自己誠實一點的話，我會說，當時也許不是去找早坂先生商量的，而是去跟他告白——比起那個男人，我更喜歡早坂先生，而當時碰巧也去早坂先生家的，正是篤郎。

打擾了，我是白木——。篤郎拉開嗓門，蹬蹬蹬地就走進了我跟早坂先生正在講話的榻榻米客廳。夏日終焉，他卻穿了一件既像粉又像橘色的奇特開襟襯衫，一看見我就「噢——」了一聲。早坂笑著幫我們兩人介紹。我在黨報上看過這個人的名字，那時篤郎也是黨員，在黨報上發表過一些詩與小說。

過了一會兒後我要告辭時，篤郎也跟著站起來，早坂先生苦笑著對他說：「喂——，你不是說今天晚上要跟我下一整個晚上的棋嗎？」我們搭了同一輛公車回家。這個又矮又大嗓門地對我表現出露骨興趣的男人令我不快，於是我刻意從包包裡拿出了書，避免跟他交談，沒想到他腆著臉說：「咦——我正想讀這本書呢！」是木下順二的《夕鶴》。書被他拿走了，於是為了拿書，我又得再跟他碰一次面。

總是篤郎先到碰面地點等我。開始跟他約見面之後，早坂先生的身影的確逐漸從我腦中淡去，可是每次一見到篤郎，我就忍不住想天哪，我絕對不要再跟這個人牽扯上了。他除了那些色彩奇特的襯衫之外，還會穿一些奇形怪狀的外套，沒有下雨卻穿著長雨靴，永遠都打扮得很奇特。跟他走在一起，真令人羞恥。而他那身奇特的打扮說穿了，其實正是他這個人本質之中的奇特性。我從沒碰過像他那樣子的人，既被他那奇特的特質所吸引，又深深感到不安。篤郎就像是個「魔」，跟他在一起，總感覺會被帶到什麼荒誕恐怖的地方去。我既想去，又猶豫還是別去才好。

開始跟篤郎保持距離之後，他開始出現在所有我會去的地方，毫不避諱周遭的目光，一見我就扯開嗓門喊——十分鐘就好、給我五分鐘就好！我們講點話！任誰被篤郎這樣子的男子如此熱情追求，心情都要起波瀾。那陣子我時常懷疑，為什麼是我？可是就連那時候，篤郎也還有別的女人。

我倆決定一起生活後，篤郎為了先去東京確保一些工作，比我早一步過去。那時他好像也叫了那個女人去家裡。最初寄居在中野區野方的那個家，那女人就時常打電話去。一個我在佐世保時也見過好幾次面，說是篤郎「朋友」的女人。我發現他們兩人的關係後要求分手，但是篤郎不肯，他說「我跟那女人沒什麼，就算有什麼，也只是肉體關係而已，跟我們兩個人的連結不一樣——」。真是什麼鬼話！但我竟然原諒了他。為什麼、為什麼？一定是因為那時候，我已經被帶到了一個離奇而難以想像的地方，一個我未曾去過，而其他女人也決計不會踏上一步之地吧。

幾天前寄來的週刊上，刊了長內美晴家的照片。

是個每週介紹名人住居的黑白照特輯，那週介紹了長內美晴。她最近好像在京都買了房子。

所以我便在想像裡把她跟篤郎擺進了那個我在照片上看見的房子裡。想像他們兩人愜意地在牆上有著高雅的兩段式棚架的榻榻米房裡對坐著的情景。

但是我的想像應該完全沒吻合現實吧……？篤郎今天晚上應該沒那麼多時間跑去京都，兩人是在東京碰面嗎？在哪裡？長內美晴搬到了京都後，她跟篤郎在這邊碰頭時，兩人都去哪裡？飯店？還是先去哪裡吃些東西，再到小旅社之類的地方幽會？

我沒去過飯店，也沒去過幽會小旅社，無法想像，結果還是把那兩個人又擺回了京都的那幢房子裡面。反正哪裡都一樣，當下這一刻，篤郎不在我身旁，他跟長內美晴在一起，而我一個人在醫院病床上。這事實不會改變。

不曉得為什麼，既不覺得難過，也不覺得落寞，只是想著這世界就像這樣，同時存在著兩個地方。

忽然間，門被粗暴打開，一個不認識的男人出現在門邊愣愣僵直在原地盯著我，護士隨即趕來，忙不迭跟他說：「不是！不是這間！在那邊！」就把他帶走了。噢——原來是個搞錯病房的？他太太現下一定也正在哪間病房裡頭等著生產吧？

這家醫院不大，不過婦產科一定也有一個晚上要接生好幾個孩子的日子，如果是大醫院，肯定一個晚上就要接生好幾十名嬰孩吧？好多好多的嬰兒，好多好多的父親與母親，好多好多的男與女。心頭上有點忽悠。

陣痛愈來愈頻繁、愈來愈痛，我忍不住按下了護士鈴。「來了——」護士隨即過來，查看了情況後，摩挲著我的背安慰我說還沒呢，還要再等一下喔——。逐漸忍不住畏懼，感覺彷彿就要被關進了那痛楚之中，彷彿是我自己給自己築起了這方牢房。

門無聲開啟，佐香嬤走了進來。我知道那是幻影，但我還是希望她進來。佐香嬤從前每晚都要喝一個茶杯份量的日本酒，她走前兩天那晚，忽然說「今天不想喝哪」，我有點擔心，打了電話到現在待產的這間醫院，但醫生只是笑著說都快九十歲的老人家了，偶爾這樣沒什麼，沒認真理會。隔天晚上，佐香嬤又像平常那樣喝得津津有味，我跟篤郎於是放下了一顆心。隔早彌惠驚忧地衝來喊我跟篤郎，說是阿嬤冷掉了。我們於是才知道，原來一個老到什麼時候走都不奇怪的老嫗，一旦走了，死亡依舊是那麼不由分說地突然。

一陣微溫的觸感在胸口甦醒，篤郎淚水的觸感。

胸膛憶起了那股微微的溫度。篤郎的淚水。他呆怔地低頭凝視佐香嬤遺體的時候、之後拍了照片的時候，都沒有掉淚，可是那天晚上他鑽進了被褥時卻窩到我身邊依著我靜靜啜泣。佐香嬤仔——我學篤郎叫——妳在哪啊？妳要是要來生在我們家，現在就要來啊，要回來啊。我今後就要跟那男人一起過一輩子了，妳叫我要怎麼辦哪？我好慌啊。

佐香嬤在門旁撇了撇嘴，張開那無牙的嘴輕聲一笑。佐香嬤走了出去。佐香嬤走了——。

篤郎以後就妳一個人的了。

佐香嬤這麼說。

他絕不會離開妳了啦，妳自己選的呀，不是嗎？

あちらにいる鬼

CHAPTER 3

/

1967 ~ 1969

美晴

計程車從方才就沒怎麼前進。車禍嗎——?司機大哥咕噥，我沒接話，伸手稍微鬆了鬆和服領口，這才發現自己筋疲力盡，連看一下窗外的風景或跟司機大哥聊上幾句的氣力都沒有了。只想趕快回到家，早點離方才為止的地點愈遠愈好。但一恍惚又覺得，或許像現在這樣，一直待在計程車的後座連動也不用動最好。跟分手的前夫碰了個面。當年為了真二離家出走後，還是為了談判及辦妥各種手續碰過了幾次面。最後一次見面已經是十六、七年前了。這一次是剛巧我有個同性友人在偶然間遇見他，居中牽線幫我們約了這一次見面。我們在他指定的飯店中餐館包廂裡頭聊了兩個多小時，從頭到尾，他都和悅微笑地，講著自己再娶的妻與已經成年了的我的女兒。

再婚的妻子把我生育的女兒當成了親生的一樣疼愛照顧，自己刻意不生。女兒出落得很窈窕大方，受了養育之恩的母親影響，英文也很好，之前才去美國念大學。對於我這個親生母親，對於我跟她父親之間的事多少知道一點，但本人表示「並不想知道更多」。

「該怎麼說呢……」

我想說聲感謝，淚水卻沿臉頰滑落，使我窘迫。我來之前決定今天絕對不要哭的，我沒有權利在這個人的面前哭。

「什麼都不用說。」

他說，假裝沒注意到我的淚水。

「我們都過得很幸福，只是想讓妳知道這點。」

他的口氣依然是那樣和善，一點也沒有責備我的意思，可他話裡的涵義分外清楚，之於他們，我早已是一個不相干的人了，他只是來讓我知道這點而已。

「哎呀——火災了耶！」

司機大哥嚷道。接著彷彿啟動了什麼開關一樣傳來了警鈴聲，一輛又一輛消防車衝過了約莫十公尺前方的紅綠燈口。好像是在四谷那邊呢——司機大哥又說，聲音中夾雜著幾許遺憾的口氣。該不會是因為剛才告知他的地點沒有從那邊經過，而他想去看看吧？

麻煩改去火災那邊吧——我要這麼說，不知道他會是什麼反應？我在心裡逗趣地想。我也想去看火災，看看被焚燒的東西，看看焚燒的大火。感覺那火，好像是我自己點的。

白木還沒來我們約好碰面的店裡。

但是年輕女店員一見了我，還是「啊——」地一聲堆出了親切的笑容。她應該不清楚我的背景吧，只是記得，這個奇怪的客人差不多每個月都會在固定時間出現在這裡。這家蛋糕店位於白木所住的櫻上水車站前，在店後頭有塊小小的只擺了兩張小桌的內用區。不曉得是沒人知道這裡頭可以內用，還是不想在這麼窄憋的地方吃蛋糕，每次來總是空蕩蕩。

我點了一杯咖啡。送來的時候，白木也來了。他快步穿過了狹窄的通道，笑也不笑只舉起了一隻手「唷」了一聲，也給我咖啡好了，還有雪酪。我們有草莓跟哈密瓜口味，請問您要哪一種？店員問了一如以往的問題。草莓。白木也答了一如以往的回答。妳不吃啊，雪酪？他問我的問題也一模一樣。好啊，那給我們兩份雪酪，都草莓口味。我跟店員說。

這個？店員走後，白木拿起了放在桌上的褐色信封袋這麼問。嗯。我點點頭。每次一來到這裡，我的態度就會謙卑起來。白木從褐色信封袋中取出了我今天早上剛寫好的稿子，讀了起來。店員把白木的咖啡跟雪酪端來，給了我一個辛苦啦的俏皮眼神。我並不認為店員知道白木是誰，就像她也不知道我是誰一樣，她只是覺得我們看起來像什麼領域上的師徒關係吧？在這家店裡，我就是一個學生，白木就是我的老師。他說妳每個月把稿子給文藝雜誌前先給我看過，我會幫妳改。於是我便照做。一發展成男女關係後，很快就形成了這個習慣，已經持續了將近半年。

這家店內用的雪酪就是他們擺在店頭賣的那些，放在小巧的鋁櫃裡，雪酪上擠了生奶油跟糖漬櫻桃裝飾。我把我那一盒的蓋子打開，也幫白木把他那一盒的打開，一點一點地刮下已經凍結的生奶油，一邊舔著，像個乖乖等老師改好考卷的學生一樣縮著身子，等他改好。讓人在自己眼前讀自己寫的小說，就算對方是編輯也叫人覺得忐忑，更何況是同行，更何況還是自己的男人，簡直手腳都不知道該往哪裡擺……。

不曉得白木知不知道這份心情，他讀稿子的時候總是一句不吭，悶著頭拿著自備的紅筆往我的稿子上塗塗改改，有時候畫線，有時候窸窸窣窣地拿筆寫啊寫不知道在寫什麼，有時會發出一聲「哼——」或「噢——」的音，也有時喃喃唸出了一段，皺著眉瞪著空中的某一點好像在搜索什麼。在這之間，他或許喝一口咖啡，或許吃一口雪酪，連把那份粉色冰品送進嘴巴裡的時候他也要瞪著那隻湯匙，好像在檢查那隻湯匙有沒有什麼不符合文學正確的細節。我逐漸覺得好笑，我跟這男的到底在幹嘛呢我？

「嗯，差不多了——」

白木終於開口，將我的稿子放回了信封袋還給我。他簡單說明了一下哪裡調動得比較大。嗯嗯，好。我猛點頭。不知何時，白木的咖啡與雪酪已經見底了，我的則都還剩下一半以上。

「先走啦，這邊給妳付啊——。妳賺得比較多嘛。」

每次他都說一樣的話，接著毫不留戀轉身就走。他不多坐一會兒是因為每個月這個時間剛好也是他要交稿給各家編輯的截稿期，不過只要打電話過去，他一定會擠出時間來這家店跟我會面。我也從沒想過要說這個月不用幫我看稿了，即使是得因此徹夜趕稿，因為我知道白木的小說寫得之好。是的，比起他的人，他這一點更令我能夠坦率承認。我甚至可以講得直白一點，這樣的時光，對我跟白木來說或許根本等同於另一種形式的性交。

白木離開後，我在店員窺探的眼神下三兩口解決掉剩下的咖啡與雪酪。過濃的香料、過淡的滋味，這份雪酪，也令人感受到某種情色的風味。

把白木改過的稿子重新謄寫了一遍後交給編輯。這份稿子被刊在一本文藝雜誌上，同一本文藝誌上，也刊登了一篇白木的短篇。

我先讀了一遍自己那篇小說。雖然早前讀過了排版稿，但印在雜誌上後又是另一種印象。白木用紅筆刪添過了的我的小說。他改動了哪裡呢？我現在辨讀不出來了。看見自己文章的某些地方被他以紅筆強烈否定掉的時候，我像是被人看見了自己身體上不想被人看見的部位一樣面紅耳赤。現在重新在雜誌上看見這篇被他改動過的文稿，我有種感覺，彷彿從一開始，這篇文章就不是自己寫的。

用詞也是。白木所補上的又或者他所替換掉的字句，一開始看見那些字句時，感覺心底好像被撼動了一下，為那些新字眼所打開的新的一扇窗後，那些豐饒的新景緻而目眩神迷，可是現在再看見這些字與自己所鋪陳出來的字句結合在一起，感覺那些用詞遣字原本就是我自己的用詞遣字。然則這篇文章到底是出自誰之手？有時連自己也覺得不可思議。不是白木。那麼，便是我自己了。可是我不記得曾在那裡選擇過那樣的字眼。那字眼像是在我不知情的時刻悄悄孵化出來的蛋，掉落在了我的小說裡頭。寫小說這事真玄，有時讓人感覺彷彿掉到了深不可見的洞底，心想自己到底在幹嘛。

接著又讀了一下白木那篇小說，讓一顆心騷湧著，就像是在等候他到來時一樣。以一個小說家的眼光觀察完了後，我無論如何就是無法不在他的小說中尋找他的身影。如果他的小說中也有書寫者本身所無法察知的蛋在裡頭孵化，那麼那孵化出來的，便是真正的白木了吧？

我飢渴地讀著他的小說，除了那些刊載在雜誌上的，還有已經出版而我還沒讀的，已讀完的也想再看一遍。不僅如此，令白木傾倒的杜斯妥也夫斯基、福克納跟亞倫西利托⑦等等也都找來讀了，可以說，我是瘋狂地找到什麼就讀什麼。我在這些文字裡頭，有些瞬間會感覺彷彿瞥見了魚兒在水中忽現的鱗光，感受到了白木的身影存在。我瞇起眼睛，凝神盯視，只是我愈盯愈沒有自信。是這個嗎？真的是這個嗎？白木真的存在這個裡頭嗎？

於是我繼續打開下一本書，為了尋找白木。

我的男人。

⑦ Alan Sillitoe，1928～2010，英國作家。

白木已然成為了我的男人。

難以相信。回頭想想，去德島演講那天，在清晨的商務轎車裡第一次見到他時，明明覺得這人嗓門之大、自信滿滿的模樣真令人不敢恭維。

那時候我的心早已經不在同居的真二身上了，可是我一點也沒打算要找新的男人，甚至可以說已經受夠了男女關係，可是為什麼到頭來，我又來到了這樣的境況。回首一年前的四月，到今日的每一天，那時候我已經喜歡上了白木了。那時，我已經覺得就算跟白木發展成那種關係也無所謂。我一步一步倒數。為了確認自己這樣子，數也沒有任何意義而數。我不是因為有任何契機而喜歡上他，我是沒有任何理由地喜歡上他，就像是被雷給打中一樣。原來，去德島演講的那天早晨，白木就是為了攻下我的心而來。

我的男人。

這男人一想起世上受欺侮的人們便不由得氣憤填膺。這男人會一臉認真地說他寫的小說是全世界僅次於杜斯妥也夫斯基的好小說。這男人有一名妻子、兩個女兒，上頭的女兒叫做海里，我曾偷偷地想，真是個別出心裁的好名字哪，但下頭的那個竟然單取一個字叫做「焰」。嚇我一跳，我問說你太太沒有反對嗎？當然沒有——男人一臉桀驁地說她是個懂得分別好壞的女人，她知道「焰」這字比起那些什麼小百合、真由美或是佳子高級多了。呵呵，這回他用上了「高級」這兩個字呢。我的男人語錄，正在增厚。

我的男人的妻子非常地美麗，菜煮得比專業人士還好——咻咻兩三下就煮好了——他不斷這麼跟我提起，一如他總是毫不害臊地自吹自擂他自己的小說，他也同樣對我誇耀著他的妻。於是我知道，這男人是決計不會為了我拋下妻子的。同時，他與其說是想讓我清楚這事實，更不如說他是在向他自己確認，更甚者向我們倆確認，確認我們是可以講這種話的關係、我是一個可以講這些話的女人。

有時候他賣弄妻子賣弄到了令人厭煩的程度，不過我從來不曾嫉妒，也不曾感到淒涼，因為我從不曾想過要把他從他家庭身邊奪過來，也不打算這麼做。我從來沒想過要把自己的男人變成獨屬於自己的所有物，也不認為自己可以。不只白木，任何人終究不可能成為任何人一人的所有，無論有沒有家庭。

有一天晚上，白木在我房裡喝著白蘭地，聊起了長女，說她今年春天上小學了。

「還喜歡上學嗎？」

「之前有點擔心，因為她偏食嘛。不過現在好像還好，很多幼稚園時候就認識的朋友也上同一個小學，看她去得還滿開心的。」

我們那個集合住宅裡，同一棟建築物的小孩從一年級到六年級分成了一組，每天早上一起上學。一年級有我們家那個，另外還有一個女孩子。看她揹著個紅色書包，走路晃來晃去地，好像被書包揹一樣——白木講到了最後一句時，尾音有點啞，我抬起眼來望他，訝異地發現他眼眶中滾上了淚水。

「一想到那麼小的小孩以後不知道要在這世上受到多少磨難，心頭就難受……」

白木拿下眼鏡，用手背抹去淚水，好像是一說話又忍不住心酸。他大概想都沒想過我看見他這樣會怎麼樣想吧？而我呢？我看見他為人父的一面、看見他願意讓我看見這一面，都叫我心裡頭輕輕動容。

白木終於止住了淚水，啜著白蘭地，一臉的難為情。大概是因為我沒說什麼吧。我該說什麼呢？我也來說說我的女兒嗎？我女兒，說她已經不想知道任何關於我的事了，又或者我來說說那天的火災。那火感覺上好像是我點燃的。不，不是這樣，是我心裡頭想要縱火，是吧？我想要燒掉。燒掉什麼呢？

我沒說話，默默摸著我的男人的頭。這個想起了他跟他美麗的妻所生下的女兒將來人生而落淚的男人，此刻就在我身邊，這樣就足夠了。

又有一天，白木拿了一張傳單來。

是張剛拆封的電影傳單，那位導演偶爾會到文壇酒吧露臉，雖然還沒碰見過他，但知道他與白木好像相識。

所以才拿了傳單來嗎？還是偶爾想要一起去看電影，不會吧？我心想。隨意瀏覽著那張傳單時，白木伸手把傳單翻面，問我——

「妳猜我比較鍾意哪個女演員？」

上頭印著劇情簡介的旁邊，也印了四名女星的照片。

「這個——？」

我隨手一指。不是、不是，白木嘻笑著回。

「這個？」

「不是啦，妳還真是不了解我耶——」

這一個啦——！這個！白木指了一位旁邊標註著「新人」的小女生，看起來才十幾歲，一看就是那位導演會喜歡的渾身散發出野性美，只要是男人就會想把這種女孩佔為己有、隨自己所欲的類型，所以我才故意選別人。

「你的喜好還真容易了解啊。」

我故意嘲諷，白木回道——

「這個女孩可沒她外表看起來那麼容易了解喔——」

「手臂雖然還細得跟小孩子一樣，心眼全長全了，講起話來呀，比一些什麼女流小說家更機靈呢——」

所以眼下白木是已經見過了這女孩子，搞不好兩人還睡上了，他想要我聽的其實是他的風流韻事？

我可沒那麼好心腸。

「真是不好意思呀，還讓你高抬貴腳來到這什麼女流小說家的家裡。」

我酸。

「哎唷——生氣啦？騙妳的啦，騙妳的嘛——」

白木伸手繞住我脖子，逗趣地噘嘴湊向我，把我一把拉了過去。

我的男人。

他愈來愈多時候，人在我身旁，心卻不在了。

除了像那女明星那時候自己告訴我的之外，我也在無意中知曉了愈來愈多事。

白木會來我住處找我已經一年六個月了，每個月幾次，我上來東京工作室的時候他會過來，有時我也會為了見他而特地上來。毋需約定，也不需要確認，一樣樣在不知不覺中逐漸形成的習慣與做法逐漸增加，就連他上床前會把脫下來的衣服掛在扶手椅上的姿勢都一樣的時候，就只有白木的心逐漸遠離了。那一陣子，我偶爾會聽見他的八卦，有些人察覺到或者說猜到了我們的關係，還會特地來說給我聽，試探我的反應。有些人就是會這樣吧。有人跟我說，荒木町有家一對姊妹花經營的小酒館，那姊姊從以前就跟白木好上了，鬧過了幾次自殺，後來身體多病，最後吐血身亡。白木先生厲害的是他之後居然跟那妹妹好上了，那妹妹也真是的。就像這樣。

我總是不動聲色應付兩句。這種表面工夫很簡單。接著一個人靜下來的時候再把這些事情拿出來想，對照白木那陣子的言談舉止，心想噢——原來如此。搞清了怎麼回事。

一個悶熱的夏夜。白木來了，悶悶不樂。彷彿是為了解釋他為什麼悶悶不樂似地，他開始不停抱怨好熱啊、好熱啊，於是我把冷氣溫度調低。開始喝威士忌後，冷氣還是沒有比較涼快，我心想為什麼啊，明明白木來之前，根本就不覺得熱。我起身去往冷氣出風口伸手探看看，白木看了很不悅地唸妳幹嘛啊——？

「想說它是不是壞啦——」

「壞什麼壞？怎麼會壞？妳坐下來啦，煩煩躁躁！」

可是煩躁的人是他。他一直心不在焉，講話也不太理我，也不主動說些什麼，靜得好明顯、靜得令人不舒服，我只好沒話找話聊。

「妳還真厲害耶，那麼無聊的話題妳也能一直講個沒完。」

白木一副受不了地啐了這麼一句。

「我去打個電話。」

說完便站起來走出了房間。我屋裡有兩台電話，一台在走廊、一台在書房。白木走向了走廊的那一台，我也跟著起身。我那動作可能讓白木誤以為我是顧慮不要聽見他講話，所以才刻意走到聽不見走廊上的聲音的地方去，其實我是去了書房，因為我知道那邊的電話筒只要一拿起來，便能聽見另一台電話裡的聲音。

「那……我等一下過去噢。」

一靠上耳朵，話筒中馬上傳來白木的話聲。

「你現在人在哪裡？」

一個女聲這麼問。聽起來不只年輕，還很幼嫩。

「我在外邊，有點事要做。不過感覺應該會提早結束，我一結束就過去妳那裡。」

「你說早點，是幾點啊？」

「九點或十點吧。」

「你十點來，不就馬上又要回家了嗎？不用來了，今天算了！」

「我就說我會過去嘛──，我儘量早一點去就是了。」

「你人在外頭哪裡？新宿嗎？聲音聽起來很怪耶，感覺很……」

「在別人家呀，有些事情得處理嘛。」

「你別勉強了。」

「怎麼這麼鬧彆扭呢？我就跟妳說我會過去嘛──。好啦好啦，我九點前過去。」

我輕輕放下話筒，回到客廳，給自己弄了一杯威士忌加冰塊，大口大口地灌。白木大概是在來我這兒之前就給那女的打過了電話，或者那女人打了電話去他家，接著白木到了外頭後再給那女人回電話。之後兩人不曉得起了什麼彆扭，事情沒解決完他就來了我家，於是演變成這樣吧。

白木回到客廳來。臉色裝得很嚴肅，一副剛講完什麼工作上的電話一樣。之後他是怎麼安撫那個女的呢？他說會「儘量早一點去」，那他現在打算怎麼敷衍我呀？我心想，我就等著看。但我耐不住氣，大口大口灌乾了威士忌後又往裡頭丟了冰塊，再倒了一杯。白木大概是被我的氣勢嚇到了吧，拿起了在他打電話時融掉冰塊的那杯威士忌，喝了起來。

「你不是九點前要去，現在還不走沒關係嗎？」

「嗄──？」

白木的狼狽全寫在臉上，清楚明白得叫人好笑。

「我聽見你這樣說呀。」

他大概以為被我聽見從走廊傳出來的說話聲吧，但其實他剛講電話那樣子根本也不怕被我聽見，肯定是忙著安撫那女人，根本無暇他顧。

我也沒明說我偷聽了他電話，給他一條路走，我說我沒聽見全部的內容。

「不是妳想的那樣，是那女人自作多情啦，一直來跟我說些有的沒的，我就想一定得找個機會跟她好好說清楚啊──」

白木最後這麼推託，翹起了嘴巴，像小孩子被生氣了趕忙找藉口搪塞的表情。

「既然這樣，就請趕快去呀。」

我說。口氣既像打趣，又像是在生氣。白木偷瞄了我一眼，猶豫著——

「算了算了，我今天不去了。妳別光自己喝嘛，也給我倒一杯呀。」

結果那晚到了九點、到了十點，白木還是沒走。看來今天晚上他選擇了我。但這想法並未為我帶來任何安慰，一想到今後該不會三天兩頭就發生這種事吧，我就感到鬱悶。

白木與我做愛的時候，我也還在想著那個在家裡頭枯等的女人。這一刻，她是什麼心情呢？那女人與我的立場，只要白木一杯威士忌加冰塊的時間，就可以被毫不容情的互換。

接著又想到了白木的妻，之前甚少想起她。但是白木是這樣的狀態，她應該也不可能沒注意到。不光只是那年輕女人，也包括了我。

白木的妻子現在正在哪裡做些什麼呢？她這一刻正在想什麼？是帶著什麼樣的心思，一直跟著白木這樣的男人過活呢？

「今天接下來要回京都了，不好意思啊。」
我對著電話筒這麼說，白木「咦？」訝異了一聲。
「接下來？妳不是才剛上來？為什麼？」
最近我平常會待在東京的日子，依然還賴在京都不上來。
「明天早上得跟一個人在那邊碰面。」
「誰？」
「誰？講了你又不認識，是為了我們那地方上的事啦……你知道我們那地區就是事情比較多。」
我隨口胡謅，白木也沒再追問，也可能他知道我只是隨便搪塞，不想多問。
「真是的，我還跟我老婆說我今天晚上會出門呢。」
他沒問是沒問了，卻開始鬧彆扭。
「你就說臨時有更改嘛，隨便找個理由。我從京都回來了再跟你說。」

「什麼時候回來？」

「唔，還不知道，就先這樣囉——」

我搶在他回些什麼之前先掛斷電話。

理由雖然是瞎謅，今天晚上我倒是真的打算回京都。我為了白木而上來，但上來後，一想到要碰面卻像吸飽了水的海綿一樣渾身渾沉動彈不得。在京都買了那房子實在是買得太好了，我買在一個白木無法隨心所欲想去就能隨時動身的城市。

提起了來到東京後根本也沒怎麼打開來動過的小旅行包，打算出門晃晃，心念一轉，今晚不回京都也成，應該是說，聽見了白木在電話那一頭可憐兮兮的聲音之後，我忽然提不起勁回京都了。

先去了一家有時候會跟白木一起去光顧的蕎麥麵店，吃完了晚餐後回家，依然沒心思工作，也讀不下書。喝著威士忌放空時，電話響了起來，將近深夜十點時。我瞪著電話數著它要響幾下，響了十五下的時候停住。

接著我抓起了手提包出門。招了台計程車，講了個鬧區地名。在那家窄長大樓的地下室酒吧內碰到了一些認識的作家與編輯，混進了他們那桌。我難得一個人去，大家問東問西，我也東答西答，沒什麼困難，很快就融入了那一群人之中。只要願意，像這樣子，隨時都能打發夜晚時光，搞不好之後還會出現新的男人呢。

待了快一個小時，忽然聽見了白木那大嗓門，我嚇了一跳，轉過頭看，看見他正走進店內，正要走向某一群人的桌子，趕快又轉回頭。白木篤郎耶，白木老師來了。同桌編輯與作家們微微側身去看，幾個人站了起來，過去打招呼。

我開始詛咒自己太過粗心。一個我會隨興走進去的小酒吧，白木當然也會隨興就走進來。現在該怎麼辦呢？正當不知如何是好時，聽見白木喊了一聲「長內老師」。他站起來往我這邊看，虛張聲勢地問候我「今天過得怎麼樣呀？」，我趕緊站起來欠身致意。不過就只這樣打住，他既沒往我走過來，也沒喊我過去一起坐。

過去跟他們打招呼的人回來了，我們一夥人又像原先那樣喝酒。背後傳來了白木快活鬧逗的嗓門。白木老師心情真好呀。他那個人一直都是那樣呀。沒去打招呼的跟去打招呼的人聊了起來，現在這幾個人好像沒人意識到我與白木的關係，也因此我才有機會觀察到，在他們口中，隱約有種排斥白木的味道。

我不想待在這兒，但也不能去白木那桌。他裝作沒事人的樣子反更令我心煩意亂。他看見原本應該已經回去京都的我居然坐在這裡跟一群編輯以及他以外的作家同行飲酒作樂，不曉得是什麼感受。我猜他笑笑鬧鬧的背後，肯定正在傷心吧。也許很生氣。也許我們會因此分手，但這不就是我想要的嗎？我不停這麼跟自己說。

有幾個人從白木那桌換來了這桌，但他還是不跟著來。忽然間我意識到白木的聲音怎麼停了？回頭一看，才看見他一個人孤伶伶坐在吧台旁，原先跟他同桌的那些人不是走了，就是換去了別桌，不知道什麼時候，他一個人被冷落在那邊。

「不看準機會閃人的話，白木老師隨時會纏上來找碴啊——」

「他什麼話題都能聊到他自己身上，人家是日本文壇的杜斯妥也夫斯基嘛。」

大概是注意到了我的視線，我們這桌的人又開始竊竊私語了起來。事到如今，我才意識到白木在文壇的處境。他一副搞得好像什麼場合都能把自己變成主角的樣子，實則那可能不過只是他的偽裝秀，編輯們當然會拱著他，但同行呢？姑且不談作品，白木在文壇裡頭無疑是個異端。說來愚蠢，但是文壇裡面就是有所謂學術派閥之類的存在，白木只不過是電波相關科系的專門學校出身，根本不從屬於任何一派。我又想到，就我所知，他在文壇裡根本沒有一個稱得上是朋友的朋友。

我轉頭想過去他那邊跟他一起坐，這才發現，他不知何時早已經走了。一個人默默地走了。

我們沒有分手。

白木依然像之前一樣會跑去我那兒找我，提都沒提起酒吧那件事。

他在時的我的房間的風景，似乎有了什麼變化。少了什麼、多了什麼。或許是因為我對於白木這個男人有了比以前更多的了解，或許吧。

於是我開始思考起白木這個男人，也思考起，我這個女人。

今天白木比我早到了那家店。咖啡，草莓口味的雪酪。我側身從窄憋的通道走進去時，他舉起手來對我「唷——」了一聲。

「今天時間很緊哪。」

他說著翻開了我的稿子。我舔著雪酪，看著我的男人。蓬鬆厚密的黑髮，細瘦的肩膀，茶褐色麂皮夾克對他來說有點太時尚，可能是他太太幫忙搭配的吧。

夾在他瘦細手指之間的紅色原子筆搖呀搖，我看著他讀，回想自己小說的內容。等重讀時，還是會跳出一兩個連自己也覺得驚豔的字眼來嗎？那樣的小說，白木現在正讀著。我在那篇短篇裡頭寫了一個女人，還有，一個去女人房裡的男人。女人在房間裡養了蘭。男人摘下了一朵蘭花。火要交給誰點燃呢？我遲疑。最後決定交給女人。菸灰缸中淋上了威士忌，點火。火焰嘩——竄奔了上來。

「妳寫了很不得了的東西哪——」

白木放下稿子，一臉有點困擾的表情。

「你這麼覺得嗎？」

我問——。

「是啊，非常棒。很棒，我輸了。」

他刮下一匙他自己的雪酪，遞到了我嘴邊。

笙子

遙遠的聲音慢慢接近。警笛。我放下了原子筆，豎起耳朵。

被安置在書桌旁的嬰兒搖椅中，焰張大了眼睛，海里也跑進了房裡。

「有火災嗎？」

「好像是耶。」

海里爬上書桌，對著前方窗外張望。包在一對花朵刺繡高筒襪中的肥嫩嫩小腿肚出現在了臉旁。

「看不到消防車——」

「唔——，可能是從青果行那邊的馬路過去吧。」

「青果行發生了火災嗎？」

「不是，我不知道哪裡有火災，沒有看到煙。」

「煙——！」

海里貼近窗戶，開始找起煙霧。比起火災，我感覺她其實是想要擄獲我的關注。

「再一會兒我就可以收工了，我再帶妳去公園玩好不好？妳不是要練習賽跑嗎？」

我說，想辦法把老大拉離開書桌。

下午三點多。

日頭愈來愈長，外頭還亮得很。五月連假過後，一直是初夏般的陽光颯爽。

我推著嬰兒車載著焰，避開樓梯，繞著中央公園草地稍微繞了一點遠路。是不是那個？海里指著雲問，還在找濃煙。

草皮上有三個比海里年長一點的男孩子正在玩球。妳去吧，去跑啊——我說。海里不動。大概不想被那幾個男孩子看見自己要媽媽陪著練跑吧，但又不想被我發現她在意那些男孩子的目光，她依然仰望著天空，彷彿那裡頭隱藏了什麼重大的事情。她又開始說——那個！那一定是火災的煙。

「唔，可能是火災的煙霧散開，飛了過來吧。」

我屈身在草地上坐下，這麼告訴她。

「煙如果飛過來，那下面也會發生火災嗎？」

「不會啊。」

「可是小光她們家就是這樣火災的！」

「火災的是她們附近鄰居的店吧？小光家只不過是稍微被灑了一點水而已，沒有什麼事啊。」

「但是小光的書包被燒掉了啊——」

「真的嗎？」

真的！海里用力地說，但一定是在撒謊。這個孩子，她班上的確有一個女同學的家裡附近在小學開學典禮後不久就發生了火災，但只是起火的簡餐店窗框跟鄰房稍微被燻黑了一點而已。

「她說她的鉛筆盒跟墊板都被燒掉了耶！所以又重買一次，可是沒有買到跟原來一樣的。」

居然還這麼說。這孩子，自從上幼稚園後不知道為什麼開始常講一些完全不曉得她為什麼要扯的謊。只不過是要告訴我她在外頭跌倒了，竟加油添醋成「有一個很漂亮的姊姊剛好走過來，用她的手帕幫我包起來耶——」。問她那手帕呢？馬上就不知道該怎麼回答了。這麼拙劣的謊言。篤郎對她這情況只是笑著說「真不愧是我的孩子啊」，篤郎小時候聽說也很愛說謊，把身邊大小事大加渲染，聽說因此還得了個渾名——唬爛篤。

男孩們走了。海里終於下去練跑。她從幼稚園就跑得慢，最近不知為什麼忽然開始說「人家想要練習，人家不要跑最後」，可能是體育課之類的，開始時常會被拿來跟別的同學比較了吧。

海里跑得搖搖晃晃，好像在雲上走著一樣，那樣當然慢啦。我說手腳不要擺動得那麼大，速度再加快一點看看，這樣給她建議。雖然看不出有什麼進步，還是鼓勵她，沒錯沒錯，就像這樣。

站起來時，順道瞄了一眼六號大樓。那一模一樣的眾多陽台裡，其中一個是我們的家。每次來這邊就會確認一下，之所以今天感覺有異，是因為小家鼠的籠子被擺出了陽台。每次都告訴彌惠千萬不要這麼做，萬一被烏鴉或是貓給襲擊了怎麼辦？但她還是照樣擺出去。

焰開始鬧脾氣，差不多該回去了。我決定讓海里再跑一圈就回家。

「手腳要像機關車那樣子擺，妳就想像，有一隻獅子正在妳後面追妳，阿麻麻以前就是這樣想的，所以才會跑得那麼快，國中時還變成了選手呢。」

阿麻麻指的是我。把拔是篤郎，我是阿麻麻。這是我們大人在知道懷上第二胎那陣子鬧著講的講法，沒想到一直沒改掉，連海里也跟著喊。

「真的嗎？」

「真的啊。」

我幾乎不說謊。至少不說沒有理由的謊。不說立刻就會被拆穿的謊。

「啊——，是把拔！」

海里看見了篤郎，他正騎著腳踏車從車站往這邊斜坡下來。

篤郎也看見了我們，嘿——地放開了把手高舉雙手大叫，害我心驚膽跳。他之前也曾喝醉酒騎腳踏車騎太快而摔了車。

「人家剛才去練習賽跑喔——！」

海里代替我說明。

「稿子我弄好了。」

我說。篤郎先前寫在筆記本上的小說，我幫他謄好了。他剛才將寫了這個月要交給出版社的稿子份量的筆記本交代給我後，說了聲「我出去呼吸一下新鮮空氣」就出了門。

「寫好啦——？我回去馬上看。」

篤郎回答得不太自然。他幫我將嬰兒車與他自己的腳踏車一起停在了樓梯下的腳踏車停車場後，伸手要來抱焰，我說焰還在睡，還是我抱回家吧。這麼一說，他才似乎意識到了自己平常根本不會這樣做。

回到家後，篤郎馬上拿出了他剛買的文庫本給我看，是兩本雷・布萊伯利⑧的短篇集。所以他這意思，是要跟我證明他剛才去了書店？

「美式足球真的很激烈耶，剛才剛好看到有球隊好像在打練習賽，一不小心就看了下去。」

連這種謊也要撒。所以他要說他在日本大學的操場那邊也耗掉了一點時間嗎？唬爛篤，我在心底輕啐。

結果這只是讓我明白了他跟我誆稱要去散步，實際上是去做了不能讓我知道的事。我知道長內美晴幾天前來了電話，他肯定是去見了她吧？每個月截稿日前，長內美晴會打電話來，而剛寫好稿子的篤郎即使是在白天也會短暫外出，這種情況已經持續了半年，只是我不知道他們兩個到底在搞什麼鬼。

⑧ Ray Douglas Bradbury，1920～2012，美國科幻小說家。

每次篤郎會騎腳踏車出去，不到一個小時就會回來。那麼短的時間也不可能去長內的工作室找她，所以他們兩個應該是在車站前面約會吧？可是那一帶也沒有什麼適合男女單獨見面的地方啊？還是有？或是他們偷偷租了一個公寓？但要是租了公寓，應該不會那麼快回來。有時候他工作也還沒做完（像今天，根本連潤稿都還沒潤），這麼忙的時候，還特地挑在這個節骨眼上約會，也實在太令人費解了。

我很不安。難得不安，對這難以理解的情況。至今為止我從來沒有不知道篤郎在外頭有些什麼樣的女性關係過。現下這情況，有一個原因是篤郎刻意對我隱瞞。至今為止，他無論對我做了多嚴重的背叛，從沒能忍得住不告訴我過。他總是假裝隱瞞，但又忍不住想告訴我。

也許是我想得太多了。

沒必要講，所以篤郎沒講，也許就只是這樣。

兩個小說家每個月在結束了一整個月的辛勤勞動後，花不到一小時的時間聚在一起喝喝茶、慰勞彼此，發一下對各自編輯的牢騷，交換業界八卦，或許就只是這樣。但即是這樣，也不能令我安心。篤郎的女性交友狀況能夠安心？會產生這種想法，連我自己都覺得自己怎麼了。

也不是不安，而是無從言喻的一種什麼情緒，因為我並不覺得擔心。只不過跟篤郎之前那些女人不一樣，長內美晴跟篤郎的關係，我就是無法不去想。

難道是因為長內美晴也是個小說家嗎？

與篤郎同行，而且——

篤郎該不會以為我沒有發現他跟長內美晴的關係吧？他們兩人開始交往後，我們夫妻間就迴避了長內美晴的小說這個話題。篤郎不提，我也不提，我更是連她的小說都不再看，每當她的名字出現在文藝雜誌上時，我更連那一頁都不敢翻開。

我並不認為她會像以前她把她跟小野文三以及另一個男人之間的三角關係寫成小說一樣，把篤郎也寫進她的小說裡（若這樣，篤郎肯定無法忍住不跟我辯白撒謊），可是在她的小說之中，肯定會出現篤郎的身影吧？在無意之間，又或者她無論如何就是無法不寫出來。就算沒有出現像篤郎那樣的男子，在女主角的敘懷中、在她的行路風景中，肯定也會若隱若現著篤郎的面容。就算長內美晴自己沒察覺，我也肯定會發現，這就是我想要避開的狀況。長內美晴所透露出來的篤郎，是我所不想知道的篤郎。若我知道了，肯定會無法原諒他們兩個吧。

相較之下，我卻能安心讀篤郎的小說。因為從某個角度來說，篤郎筆下的現世現實裡——就算他有時渴望改變這世界的企圖強烈到了令人心疼——我也決計不會在他的小說中看見我所不想看見的女人。一點蹤影、一點氣息都沒有，渺然。無論是他過往的女人或是長內美晴又或者是我。不曉得長內美晴有沒有發現這個事實？篤郎寫小說時，心裡頭是沒有我們的，而這意味了什麼，我壓根不想去思考。

夏。

那日晚餐，Ｄ出版社的兩位編輯來家裡吃飯。

室井先生與新城先生。兩位都跟篤郎差不多年紀，跟我們往來很久了。室井先生給海里帶來了一只貓臉造型的馬克杯當成禮物。

「我們家呀，講什麼都會變成文學！」

篤郎從晚餐前就已經一杯接一杯地喝得興高采烈，兩位編輯從剛才便一直爭先恐後地讚美他上個月由其他家出版社出版的一本長篇寫得如何之好，誇得篤郎是心花怒放。

新城先生想再來一碗甜菜湯，我讓彌惠幫忙把擺在桌子正中央那鍋裝有甜菜湯的大鍋子加熱。這張六疊榻榻米大的飯廳裡，長桌旁坐了抱著焰的我、篤郎、海里、彌惠，再加入兩位大塊頭的男士，就沒有多餘的空間了。

「我家這一位啊，絕對不會講什麼無趣話！不管你丟什麼話題給她，她都能給你丟個直球回來，有時候啊丟得太直了，我這接球的人都軟掉啦——」

客人們譁然笑了起來，連彌惠都對這帶有黃色意味的笑話抿嘴竊笑，待會兒我一定要跟篤郎講一下，等海里再大一點之後，他在孩子們面前講話一定要先經過大腦，一定得要說得他聽進去才行。

「當然哪，普通女人哪勝任得了白木老師的夫人這份工作啊——」

室井先生說。

「又要幫忙謄稿、又能煮出這麼一桌好菜，不是我要說，這些菜真是太好吃啦——」

新城先生也跟著這麼說。

「菜當然是好吃沒錯，但她小說也寫得很驚人噢，不信你們發稿給她，一定會寫出讓你們眼睛一亮的東西！」

我霎時心底一涼，瞪了他一眼，他也講得太過頭了。

「師母也寫小說嗎？」

「怎麼可能——！我哪會寫，不會啦——」

我苦笑，用毛巾擦去焰吐出來的離乳食品。她好像已經吃不下了，我將她抱到隔壁房間，希望看起來不像刻意避開話題。

「我就跟她說妳寫看看嘛，但她就是不寫。」

篤郎似乎修正了一下話題的方向。

「孩子還那麼小，夫人應該也沒時間吧。」

「我倒是真的想讀看看呢——」

兩位客人繼續接話，我假裝自己正忙著跟把焰放進嬰兒搖椅這件事奮鬥。

晚餐後，兩位客人跟篤郎轉移陣地到客廳繼續閒聊。

客廳與飯廳間沒有隔間，我跟彌惠在飯廳裡洗碗還是聽得見他們帶著醉意的說話聲像含著滷蛋一樣，一團一集合住宅從客廳裡傳過來。笑聲。氣氛好像比剛才更為放鬆，大概是因為女人跟小孩都不在旁邊吧。酒量原本就淺的新城先生更是笑得響亮。

「對了，說到這，初子小姐過世了呢，白木老師知道這件事嗎？」

關上水龍頭時，我聽見新城先生這樣講。頓時一片啞默。室井先生大概曉得這名字不太適合在這間屋子裡提起吧。

「知道啊，他們跟她說是胃潰瘍，其實是胃癌吧，我家老婆——」

我又打開了水龍頭，沒聽清後續的內容。大概是在說我曾在篤郎拜託下去過醫院探病一事吧。割腕時一次、胃癌住院的時候又一次，我都去探過她。第二次時，醫院已經給她使用嗎啡，意識模模糊糊地。我將花與篤郎託我轉交的裝在信封袋裡的慰問金交給她在病房裡的母親後就離開了。

還好不用聽見新城先生與室井先生聽見我去探病這件事的看法。這事我所聽見的最後一句，是篤郎說「我把白包放在她們店裡」。接著不一會兒，聽見篤郎喊我「妳也過來一起喝吧——」於是我脫下圍裙。

客人在剛過午夜的時候離開。洗洗澡、準備一下隔天的事，進臥室時已經快半夜兩點了。

還好焰不像海里小時候那樣難入睡，很快就沉入夢鄉。海里升小學時，我們趁機讓她過去跟彌惠一起睡，有時她晚上醒過來還是會跑過來找我們，但是今晚好像沒事。

鑽進了棉被後，已經先睡的篤郎翻了個身，軟溜溜纏到了我身上。這個酒量奇好的男人今夜似乎也有點酒醉，大概只是想要溫存一下，沒真的想幹嘛吧，也可能是在意我有沒有聽見他們方才的談話。

「你不去參加喪禮嗎？」
我問。若是平常，我會假裝沒聽見，但今晚不曉得為什麼不想那樣。
「喪禮？」
篤郎裝做沒聽懂，一副揣想的模樣。
「噢——？」
他說。
「我要是去的話不就更麻煩了嘛。喪禮這種事放在心上就好，有那份心意最重要，我不去對彼此都好。」
最後那句話像含在嘴中咕噥似地，一說完，馬上仰躺打起呼來，「想睡就睡」是篤郎的特技。
「對彼此都好」？真的是這樣嗎？我也很睏，但卻忍不住繼續想了下去。死去的她，應該不會覺得這樣對彼此都好吧，她一定很希望篤郎去送自己最後一程，就算早已鐵了心不再愛這個男人，就算最後只是為了恨。

可是在篤郎心底已經沒有這個女人了。他可以輕輕鬆鬆就說出「對彼此都好」這樣寡情的一句話，表示他心思早已離開了她。我為那個被摘下、被如此拋棄的女人而悲傷。她為了篤郎自殺，最後搞到身體都垮了、死了，篤郎卻似乎已經把跟她的回憶都完全拋棄。

這樣的男人。她為什麼要愛上這樣的男人？我昏沉沉跌入了夢鄉，一邊依然緊攀著思索的線頭不放。愛若是能讓人只行正確之事，該有多好？又或者，人是在不由自主走在錯誤的路途上時，才用上了愛這個字呢？

剛喝的牛奶感覺一直黏答答沾在了喉頭上，一定是因為清晨時分那個很不舒服的夢吧。

走到洗臉台打算漱口，海里也跟過來。她已經升上了二年級。

「我去學校的時候，你們千萬不要把寄居蟹烤掉哦——」

一臉的苦惱至極。噢，難怪我會做那樣的夢，一定是多少被寄居蟹這事給影響了。

「不會啦，妳把拔在跟妳開玩笑的而已。」
「絕對、絕對不可以烤哦——！」
「妳放心啦，快去把早餐吃掉，小薰不是要來找妳一起上學嗎？」
海里依舊一臉不安，遲疑溫吞地走去飯廳。我也離開了洗臉台那邊，瞄了一眼放在客廳邊櫃上那個寄居蟹的水槽。小家鼠老早就升天了，現在換成了這個。這些揹著差不多有小孩子拳頭那麼大一個螺殼的寄居蟹，是篤郎差不多十天前從夜市小攤上買回來的。昨晚他一走出了書房就問：「那些，我拿一個來烤好不好？」說是什麼正寫到一個烤寄居蟹的情況，想知道寄居蟹烤了以後是什麼味道。
海里聽了都快哭了，我也氣得不得了，篤郎則一看我們這樣乾脆放棄，說聲好啦、好啦我知道了。反正他也不是真心想烤吧，只是小說寫得不順，就覺得身為人夫、身為人父是什麼罪孽一樣，所以才會那麼說說宣洩，可是那也不是應該對孩子講的話吧？昨晚等兩人獨處時，我又唸了他一頓，篤郎則不滿地反駁說我什麼事情都想得太嚴重。
門鈴響了起來。海里跑去門口。六年級學生領隊的上學小隊已經解散，現在她每天跟兩個同年級的朋友一起去上學。

我去學校囉——。她說完離開後，我無意識地望向窗外。開門前，女兒又拜託了我一次，千萬不可以把寄居蟹拿去烤哦——。好啦好啦——，我保證。我說完後，女兒卻一臉不信，「可是阿麻麻每次都站在把拔那邊哪——」

從窗內看得見那樣跟我說的女兒正跟小薰一起走出了大樓。不知何時，篤郎已經醒來，站在我背後，我們一起靜靜看著兩個孩子蹦蹦跳跳愈走愈遠。海里看起來已把寄居蟹的事拋到了腦後，讓我稍微放心。還久、還久哦，簡直跟隻小狗一樣——篤郎嘀咕。現下講這句話的他聽起來全然是位好父親，已沒了昨晚那惡狀。

我想再跟他嘮叨一次寄居蟹的事，臨說出口時，轉念講起了清晨做的那場夢。

彌惠幫忙帶焰出門去了。

篤郎正關在書房，海里也已經去上學。我在小玻璃杯裡放進冰塊，倒了點梅酒，在飯廳椅子上坐下。

「今晚的行程臨時取消了。」

篤郎從書房裡出來，這樣說。那你今天晚上要在家裡吃飯嗎?嗯，篤郎點頭，妳也給我倒點梅酒，他說，所以我去弄了杯給他。他拿著正要回去書房，忽然好像想起了什麼，轉過身來——

「妳要不要把剛剛跟我講的那個夢寫成下一篇短篇?用那個夢起頭，把妳的日常寫下來，應該滿有意思的?」

是啊。我點點頭。

我坐在書桌前，面對著稿紙。

想在彌惠帶焰回來前試著寫一些看看。

我已經在文藝雜誌上發表過三篇短篇了——當然，是用白木篤郎這名字。一開始，是因為篤郎長篇寫得不順，實在沒餘力操心要給其他出版社的短篇，我才會幫他代筆。篤郎會像剛剛那樣丟給我兩三個主題去發展，我寫，篤郎修潤，這樣子作業。

一開始的那篇短篇獲得了非常良善的好評，甚至還有書評謬讚為「作者的新境地」，引得我們發噱。後來又過了幾個月，我再度提筆，篤郎那時候問我：「要不要用妳自己的名字發表？」我說不要，用你的名字吧。我是認真的，現在也是。我的靈感是來自於篤郎，不完全算是我一個人的作品。就算沒有篤郎餵我主題，我也不想讓人知道那些小說是我寫的，就是因為被當成了篤郎的作品，我才有勇氣發表。

我開始提筆寫下一個關於馬兒的夢。海邊，一匹又一匹馬兒倒下。原子筆流暢地動啊動，但是我漸漸覺得不太熟悉這個故事了。這的確是我方才跟篤郎提起的夢中情景，可是我在夢中看見的，真的是這樣的情景嗎？我為什麼要寫這樣的情景？篤郎又從書房裡走了出來。

「今天晚上還是出門好了。」

他說——怎麼寫也不起勁。

CHAPTER 4

/

1971～1972

美晴

白木近來很少那樣。

我也很久沒穿著和服去開門讓他進來了，或許也有關係。那一天，我白天在東京都內飯店接受採訪，剛回來沒多久白木就來了，所以也沒時間換掉和服。以前我連在家裡時也常常穿著和服，但近來莫名就是想把錢花在洋裝上，一連在銀座裁縫店裡訂做了好幾件，在家裡的時候也穿，可能這也跟白木似乎比較鍾意我穿洋裝有關係吧。

今天白木一進門，看見了我的樣子就哇一聲，把我一把拉了過去，匆匆忙忙脫掉鞋，把我整個人壓在牆壁上一臉埋進了我頸項中摩挲起我的身體。我們剛在一起時，是常這樣兩個人一見面就好像磁鐵相吸般身體相撞黏在了一起，或許白木也是有點刻意想藉由弄亂我的和服，來重新撩撥起逐漸衰褪的熱情與其他一些什麼吧。

「噫——！」我一警覺時，白木也「啊——！」地嚷了一聲，像把我整個人推開一樣地往後退。一種黏稠的什麼從我的大腿間往下掉，白木一副看著什麼危險物品一樣盯著他自己的右手指頭，食指與中指已沾上了紅。

「哎呀——！真是！對不起、對不起！」

我小碎步跑去拿擦的東西來擦。血沒落到地板上，大約是弄髒了我的襦袢後就停在了那裡吧。我動作時儘量別讓下腹出力，之後便好像沒再繼續流了。

「妳之前不是也有過這種情況嗎？」

白木用我遞去的紙巾擦拭手指，依然把手指頭擺得離自己遠遠的，這樣說。

「最近來得有點亂哪。」

我說。氣惱自己根本沒打算跟白木提起的事，竟然以這種情況意外穿幫。

「去看一下醫生比較好吧？」

白木似乎什麼也不懂。他只像個初次發現女人的身體每個月都會來訪變化的少年一樣，一臉不舒服瞧著我。

最後還是去了一趟醫院。

其實覺得根本不用這樣小題大作跑一趟，但想解決掉這個麻煩，也順便排除掉會不會是什麼不好病症的可能性。

先做了檢查，兩星期後再去聽一次報告。檢查出來沒有什麼異樣，哪裡都沒問題。果然正如我所想，稍早前就聽年長一點的朋友說過了，接近更年期時會出現這樣不規則的狀況——忽然就出來了，濕濕黏黏的。我聽朋友說起時還皺起了眉頭，當時只想到內衣跟衣服會被弄髒，根本沒想到居然會被男人的手指頭察覺。

「唔——，會這樣時來時不來的，慢慢就閉經了。」

臉龐光滑、戴著眼鏡，跟我年紀差不多的醫生以一種習以為常的口吻說道。窗戶的木框上了漆，只是不曉得為什麼，塗到了一半的地方要塗不塗的，只有上方窗框留白，在那兒不規則地插了一些生鏽的鐵釘，像什麼暗號一樣。我自在北京生產過後，已經有將近三十年的時間沒踏進過婦產科了，這次去了一間在我東京工作室附近的私人醫院，因為心想應該不會繼續回診，只是要把不得不解決的問題清掉而已，也沒多想，就走進了一間剛好路過的小醫院。

「不能吃藥解決嗎？」

我問，醫生聽了，以一種略帶責備的口吻回問我：「解決？」

「如果症狀很嚴重，當然有時候我也會給病人開藥，但這是很自然的情況……」

那句話聽起來也好像已經說過了無數次了。頭暈、熱潮紅、憂鬱，這些症狀我都還沒有，但聽說過有些女人會為這些症狀所苦。醫生現在對我說的這些，她應該也會用來安慰那些女人吧——這是自然現象，不只有妳，所有女人都要經歷這樣的歷程。但我一點也沒感覺被安慰到。自然。自然。自然的意思就是無法可想。無法可想。我們的人生就被這樣的無法可想所宰控。

走出醫院時，外頭已經更加濕熱。進入了七月，梅雨已停，但天氣還一直陰濕。正要走出醫院大門時，發現左腳的涼鞋鞋帶掉了，大概是我彎身下去繫鞋帶的時間點不巧吧，一個正走過來的人的腿剛好擦過了我的頭，平時這樣沒事，但那天似乎有點精神疲憊，整個人失去了平衡，一屁股跌坐在地上。

「啊啊——！對不起！妳還好吧？對不起、對不起！」

衝過來的女人年紀大概小我一輪，但是撞到我的應該是她身旁的那個少女。喂！妳也快跟人家道歉哪。大概是母親的那個女人把手靠在我背後摩挲，一邊催促她女兒。對不起。是國中生嗎？穿著水手服的少女瞪大了眼睛盯著我道歉，好像跌倒在地上的人是她。

沒事沒事，我也不好意思——我說，站了起來。我哪裡都不痛，只是覺得背後被人這樣用手貼著的觸感很不適而已。我逃也似離開了那兩人，正要走下通往大馬路的斜坡時，心底突然冒出疑問。那對母女是來婦產科幹嘛呢？如果是一個人陪另一個人來，應該是母親陪女兒比較自然，是生理期問題嗎？但感覺那個女兒好像有點事不關己？還是母親有了什麼喜事徵兆，想要跟女兒共享這欣喜的一刻，才帶著女兒一起來？近來的母親可能會這樣做。對了——，也有可能是來探人的，那醫院的後頭病房裡，應該有幾組入院生產的母子或母女……。

不過我這樣狐疑人家，人家肯定也這樣子狐疑我，搞不好現在正在拿我當話題呢。她們應該不會誤以為我是有身孕的女人吧？可能只覺得我是個必須體恤的生了病的女人，就像我從前從來沒想過有人會因為更年期或閉經問題上婦產科，那女孩大概也沒料到，她母親當然也很可能沒想過。剛才她摩挲我後背的那種觸感又甦醒了，我像想把它拂去一樣，伸手摸了摸那裡。

去程走得輕快，全然沒意識到腳底下走的是斜坡，回程腳尖卻一直快頂到地面上的止滑點，走得顛顛困困。頓時心情像個老太婆似地慢慢走，忽然想起了那天被弄髒的襦袢還沒處理呢。那時馬上就換上了洋裝，看見那些污漬實在嘔，想說晚一點不去漬不行了，隨手揉成了一團，塞進衣櫃抽屜深處，不願再去想起。只好丟了。實在不想再攤開來看見那片轉黑的污漬。

那天後來白木也沒再跟我求歡。他進來屋裡後，像平常一樣喝了幾杯威士忌跟白蘭地，也沒進臥室就回去了。這不是我們頭一次見了面不做愛，近來偶爾會這樣，不過那天感覺跟之前被我們打趣稱為「品行優良的夜晚」不大一樣（這是有一次這種日子時，不曉得誰先開玩笑提起的），或者相同呢？最初的情熱逐漸消褪之後，前方等著的，會是白木的那副表情嗎……？

搬到京都，已經第六年了。

決定要把報上連載的小說背景設定在祇園後，我開始常往祇園跑。我自費上茶屋、找藝伎與舞伎了解祇園作風，這麼做之間，她們也逐漸對我敞開心房，跟我講起了各種故事。

祇園人的嘴巴緊，她們透露出來的那些愛憎謀略裡的人物，都只侷限於已不在這世上的人。好一些令人瞠目咋舌的名字、好一些令人心蕩神馳的往事，至於她們所說的那些關於她們自己的故事，也是那麼樣璀璨而充滿了熱烈的情感，不管悲劇喜劇，不論結尾走向幸或不幸，聽了都讓人感覺有一口溫甜的葛湯從喉頭流過一樣。

被牢牢守護於樣式之美與傳統之中的美女，她們與成功者歡合的祇園彷彿是一個外星球，但存在其中呼吸的，依然是人。任何故事有開始便有結束，無論談了多麼揪心泣血之戀的女人、如何推動了歷史之輪的男人，死了，就只不過是一個故事裡的一個段落而已了。

常往祇園跑後，我逐漸覺得自己與白木的這段關係，如此死心眼實在很愚蠢。可同時也在等他的電話。其實不是在那件事之後，在那件事之前，他的電話就已經少了。從前不能碰面時，他也會打電話來，但現在幾乎只有要碰面的日子，他才會給我來電話。連那樣的電話也少了，可想而知，相見的日子有多麼零星。

既然如此，我乾脆躲在自己的京都家裡，讓白木住在別的星球好了。想是想，每次電話一響，發現不是白木打來時，我還是會發覺自己有多麼渴望他的電話。

我從來不曾只是因為想見他而打電話去他家，這就像是我跟他之間一種無言的默契。只有白木會在想打電話的時候打，在想相見的時候見。為此，我得調整出門時間跟工作安排，可是我從來不曾覺得不滿或淒涼，那些都是小事——至今為止一直都是小事，我對於白木的心與渴望，才具有絕對壓倒性的質量。

但現在這些都已經逐漸正在失去了。我感覺白木正在遠離我，我也在遠離他。儘管如此，我依然等他的電話等到心焦，感覺好像有無數隻討人厭的什麼無以名狀的小生物正纏在我腳邊，往我腳踝伸出了無數小手拉絆住我。

我以為有人找他去新宿，進了計程車後，白木跟司機說的目的地卻是橫濱港。

「有船要去蘇聯，我認識的人在上面，我想去送行。」——這是白木的說法。

「妳不想看看大船嗎？」

我並沒特別想看。白木要送他朋友一程，我也想不出任何我非得一起去的理由，但還是老老實實讓自己跟著他一起被載走。

反正偶爾去不大一樣的地方也不壞。我對船沒有什麼特別感覺，但港口我是喜歡的。白木打電話來時，說妳今天穿和服來嘛，所以我特地穿了一件波浪圖案的絹紅梅和服搭配一條織有帆船模樣的紗腰帶，特別打扮也讓自己心情帶上了幾分雀躍。

「Atsuro——！」

人都還沒找到，聲音先奔過來了。在旅運大樓候船室的那些好像棋盤般排列的椅子之間，那女人站起來朝我們揮手。一個身高肯定超過了一百七十公分的大塊頭女人，而且還是個紅髮白人，在場所有人幾乎全朝女人送去了目光。

這種場面似乎連白木也有點難為情，他靦腆舉低了一隻手回應，往女人走去。那女人也朝這飛奔而來，一奔進了白木懷裡就緊緊摟著他，連呼Atsuro——！Atsuro——！夾雜著三言兩語的異國語言，聽起來似乎是俄語。

「好，我知道，妮娜，我知道。」

好一會兒後，白木才終於把身體從誇張揮舞著雙手不停傾訴的女人身體離開，稍微移動到能讓她看見正愣在白木身後的我的位置。

「美晴，妮娜。妮娜，美晴。」

白木伸手輪流指了指我們兩個，充作介紹，妮娜瞬時目光如刺射向我，接著很刻意似地伸出手，我也只好回握。大而多汗的手。

「我們在蘇聯認識的。她這趟來日本十天左右。」

白木這樣跟我說明。去年他受蘇聯作家聯盟招待，跟其他幾位文學家一起造訪了那個國家，妮娜就是那邊的事務所職員。這趟不曉得是不是用什麼公務的名義來的，有幾個貌似她的同伴的白人很好奇地一直從椅子上探身往我們這邊瞧。

「Wife？」

妮娜問。

「Het。」

白木答。

「Friend，小說家。和服，For you。」

噢——！妮娜驚呼。再次睜大了巨大又深邃的眼睛虎視眈眈地往我全身打量了一遍。白木不管她用俄語講什麼，全都點頭假裝聽懂，他對我說「她對日本的和服很有興趣」。

「她好高興啊！說妳這和服好漂亮，看來她也知道這是好東西呢，果然——。」

場面話吧，什麼好東西不好東西，我看好壞白木根本就看不出來。

離港時間快到了。在堅持一定有其他地方比候船室椅子舒服的白木領著我們在旅運大樓裡繞來找去之間，短短的候船時間很快結束，不過對妮娜來說，或許這樣反而讓她可以不用在必須顧忌同伴眼光的地方好好與白木惜別吧。回去原來的地方之前，妮娜又再一次擁抱了白木，親吻他雙頰之後，從肩包裡好似珍重拿出了一個包裹給他。那像和紙一樣有點厚度的潔白紙包上，打了一個纖細的紅結。

等她消失在了出境口另一側，白木與我離開棧橋，仰頭望向妮娜所搭上的那艘客船。白木努力地從站在甲板上朝送行者揮手的一片烏鴉鴉的乘客之中，找到妮娜的身影為止，似乎一直忘了就站在他身旁的我的存在。出航鑼聲大響，船上拋下了一團又一團五彩繽紛的紙絲帶。為了接住妮娜拋出的紙絲帶，白木狂奔。在絲帶雨中跑著的一個矮小的男人，顯得那麼異樣稚氣。

妮娜將紙絲帶攬在胸前往下看著白木，朝他拋出了一個又一個飛吻。白木則像雨刷擺動一樣，不停地揮舞著小短手回應。至於我呢，則像隻降落在錯誤地點的海鳥，在一大群抬頭仰望離船揮手的道別人海中，茫然站著，望向白木後背。

其實我也可以就那樣自己一個人走掉，但我還是等了他，我想知道他晚點會怎麼跟我解釋。船走了之後，白木才像終於想起來有個同伴一樣，左張右望地走回來。「妳幹嘛啊，跟我一起待在那裡就好啦」——這是白木找到我後所說的第一句話。

之後我們去了中華街，在一家裝潢誇張的店家二樓面對面地坐了下來。那時候已經過了下午三點了，要上不下的時間，白木所知道的其他店都已經進入午休時間，也沒有什麼選擇。我們在白木要求下，上去二樓，空蕩蕩的偌大空間裡只有我跟他兩個客人，感覺怪詭異的。白木也沒問我就逕自點了小籠包、春捲、牛肉炒麵跟一瓶紹興酒。

「那邊職員每個都兇頭惡臉，感覺很可怕，只有妮娜對我們很好，很關照我們，但是其他那些日本男人啊膽小如鼠，都不太敢跟她交流，只有我會理她，所以妮娜很喜歡我。」

白木重新這樣說明。

「你們見過幾次面啊，在這邊？」

我試著打探。

「她寄了信來嘛，但是寫俄文我看得一頭霧水，就只看懂了飯店名字跟日期，那邊的旁邊還畫了線，我總不能不去吧——」

我沒說話，啜了一口紹興，白木繼續說——

「哎唷，我們只是約在飯店碰頭而已啦，她又不認識其他地方，所以就是要我帶她在東京到處逛逛而已嘛。我也不曉得怎麼打發時間，就帶著她去和光買了個手錶送她，所以她很開心，很謝謝我嘛。」

白木講了些藉口搪塞。

「對了，她走時不是拿了什麼東西給你？」

「噢——，對啊，要不要打開來看？」

白木把跟脫下的西裝一起擺在旁邊椅子上的包裹拿過來，「——」一聲交給了我。

「妳打開來看看。」

「我——？這是人家要送你的……」

「沒關係啦，反正一定不是什麼名貴物品。」

我心想一直說不也很麻煩，打了開來。裡頭是塊布，一塊跟包裝一樣是白色的輕柔布料，折好了放在裡面。

「哎呀呀……」

我一攤開，這下忍不住驚呼出聲了，是條女人的四角褲！從尺寸上來看，肯定是妮娜的沒錯，搞不好還一直穿到在旅運大樓跟白木碰面之前。這麼一想，馬上覺得好噁心，像丟的一樣把它丟回去那包裝紙上。

「噯……這……」

白木支吾地看著我，想著該怎麼樣把這件事糊弄過去。他覷著我的表情，心底盤算怎麼說才不會讓我生氣。這個白木，在不到一個月的停留期間就把一個異國女子給收服了，他根本連人家的語言都不會講！英語也爛糟糟！我看他大概是像看到了什麼珍稀昆蟲的小孩子一樣，用毫無責任的熱情去收服了人家的心吧——。

大概是跟人家說，要是來日本，記得一定要去找他，沒想到還真的來了。停留在日本的期間一切還好，但等到人家要回去了，就覺得麻煩，連去送行都嫌煩，於是就想到了我。我可能只不過是被拿來當成一種緩衝材料般的存在吧。他可能心想如果把我帶去，那女人搞不好會覺得可憐，沒想到看來是沒發揮這效果。就這樣，那女人走了，他這才想到要顧慮到我的感受，就在一條女人送給他的巨大四角褲之前。

我忽然覺得好可笑，猛烈地可笑！於是真的笑了。啊哈哈哈哈——！放聲大笑！啊哈哈哈！啊哈哈哈哈！哎唷太好笑了！笑到連鬆了口氣跟我一起笑出來的白木表情都僵掉為止。

啊哈哈。啊哈哈哈哈。

我笑了。

「妳真愛笑啊。」

男人說，我跟男人並坐在計程車後座裡。

「我喜歡愛笑的人。」

男人今年二十八歲，如果他說的話能夠相信，他是個還沒成名的演員，為了學戲，念頭一起跑來了京都。就算他說的是假話，也是個好看清爽的長相。我去了祇園茶屋玩後，帶了幾位藝伎跟舞伎到祇園的酒吧去喝酒，剛好碰到那人一個人去。一看就知道對那種祇園酒吧一點也不熟悉，我們一進店，他更顯得窘迫了，我看不過去，乾脆請他過來跟我們一起喝酒。感覺上是個教養還不錯的男人，一開口，緊張了起來，更是讓我們一群人覺得逗趣。藝伎們也捧著他說些好聽話，看來他應該也度過了一段意外的好時光吧。

後來他之所以主動開口說要送我回家，是因為藝伎們起鬨下，他誇口聲稱如果跟我「發展出那種關係也不錯」，大家一聽鬧哄了起來，順水成舟就變成那樣。不過現在我知道這男人是說真的，儘管他想睡的其實是那個「會帶藝伎跟舞伎到祇園酒吧玩的女小說家」而不是我。

「你飯店在哪兒？」

男人講了一個在京都車站附近的廉價旅館名字。我跟司機說了，請他更改目的地。

「還是我送你吧。」

旅館房間窄憋又充斥著嗆鼻的人工芳香劑的花香味，一張單人床就幾乎塞滿了整間房間。床上蓋著一張金色與胭脂色條紋的床罩，我心裡想著，就算將來忘了與這男人的一夜，搞不好也還偶爾會想起這張傖俗逼人的床罩吧？

男人連床罩也沒拉掉就直接把我推倒在床上，今晚穿洋裝真是穿得太好了，年輕男人也可以毫不費力地脫掉，我心想。男人比我醉得更厲害，大概因為這樣，事情進行得很順利。男人專注在性事上，沒多說話，讓我鬆了一口氣，但是我腦袋裡頭一直有個地方清醒想著，這男人是因為年輕力壯，醉成了這樣也還能提槍上陣，神氣威武，要是他沒醉的話呢？他還會想要一個五十歲女人的身體嗎？

啊——，男人忽然低喃，身子挺了起來——我就想怎麼會這麼濕嘛，妳看。男人朝我伸出的手指頭上染上了血紅，啊……，抱歉抱歉，我說。我已不再吃驚也不感狼狽，只覺得幸好對象不是白木。醉意掩過了逐漸清醒的意識，我對於自己身體的失望像溫水一樣，逐漸蔓延開去。

不曉得有沒有弄髒？男人說，指的是床罩。他離開我的身體，從我下方抽走床罩，丟到地板上，再去浴室拿了條浴巾來鋪在床單上。能夠這樣大大方方毫不扭捏、快速果決進行這種作業的，大概也只有年輕男人了吧。

那今天不戴也沒關係囉——。男人又再度爬上我身體，喜不自勝地說。

跟那男人就只那麼一次。

對方說想再碰面，我沒理會。從一開始我就對那男人什麼興趣也沒有，只是想確認自己現在有沒有可能跟白木以外的男人睡。很簡單，簡單而無意義。我只是跟那男人過了一晚，不是愛他。

但有沒有可能，我可以試著愛那男人看看呢？我這樣子想過。我可以試著接他的電話，他也不是個太差的男人，或許年齡差異可以在我們之間激盪出一陣子火花，創造出有意思的相處，或許我會在那之間對他產生一種類似於愛的感覺，接著我或許會因此而有辦法跟白木做個了斷？

然後呢——？

我會厭倦那個男人吧？或者是那男人厭倦我。接著又會再度期待像白木那樣子的男人出現？然後呢？又要開始同樣的輪迴了嗎？

我當然會衰老。肉體老去，心卻執拗地緊抓著一角不放。甚或毋寧說，肉體愈老，心所追求的卻愈來愈清晰。等我更老之後，老得連性交都無法之後，這樣子的事還是會依然持續下去吧？為什麼呢，因為對於我這樣一個人來說，那是生存之必要啊。與人相遇，心魂撩動，我就不可能裝作什麼也沒意識到，我無法忍受假裝什麼也沒察覺似地矇混著下去，因而到死為止，都會一直陷在這樣的輪迴中吧？

跟男人睡的事，原沒打算跟白木說的。

那天白木比約定時間晚了兩個多小時才到。打了通電話來說會晚點到，但為了配合他而拚命擠出來的時間就只能這樣被浪費掉了，令我好懊惱，忽然空出來的一段時間，也沒心情工作或是看點書，只能耐著性子瞎等。

這不是第一次了，或許我心底早就有了底。白木說要晚一點到時，口頭上雖然說對不起，但他口氣裡沒有半點誠意。以往他遲到時會千方百計地找理由，但今天只說「剛好行程有一點變動」，浪費了我兩個小時一直在想這個，我對於這樣的自己也覺得好厭棄。

過了晚上十點，白木終於姍姍來遲，還帶了兩個女人來。兩個都約莫三十五歲左右，一個說是什麼玻璃藝術家，一個說在神保町開了間藝廊兼酒吧。白木的說法是，他對擺在那店裡的酒杯很感興趣，買了幾個想回家用，本來打算過幾天再去拿，剛好聽說那藝術家今天就會去店裡，於是臨時決定改行程會會這位玻璃藝術家。

「聊得太起興了，差點在店裡坐到了半夜，但我想起妳還在等，乾脆就把她們兩個也給帶來了。」

白木滔滔不絕地說。

「妳叫她說點她做玻璃藝品的事情給妳聽嘛，很有意思耶，搞不好妳會想寫進小說裡。」

兩個女人忙不迭連聲說真不好意思啊突然打擾、能跟您見面真的很榮幸，看起來一點也沒懷疑我跟白木是什麼關係。那是當然囉，眼前這位說是玻璃藝術家的女人大概現在正在被白木花言巧語追求中，怎麼可能會想到白木竟然會在追求過程中把她帶到一個跟他有一腿的女人家裡呢？但白木就是一個會若無其事這樣做的男人，我看這個女人肯定還沒發現，而且搞不好她已經跟白木睡過了。至少他們兩個肯定不是今天才第一次見面，只是白木要求她跟那個酒吧女人，還有我這樣說而已，但是從她的表情及她對白木的回應當中都能一下子就知道不是這樣。別說那個酒吧女人看不看得出來，我是會一眼識破的，這麼簡單的事，白木怎麼會不知道呢？不，或許他知道，只是知道卻又做了。為了某種原因。也許他除了讓別的情事介入他與我的關係之外，已經無能維持住我們這段關係了。

「妳們都來了，就跟她要本簽名書嘛。」

白木跟那兩個女人說。

「可是我們沒帶書來耶……」

「妳拿妳這兒的書簽一簽送給她們吧！」

於是我從書房拿了兩本新書回來。為了寫贈詞，問了她們兩個的名字，問漢字怎麼寫。美好的美、英語的英——那個玻璃藝術女說。我照著寫——美好的美、英語的英——低眼望著把那女人名字寫在我自己書上的鋼筆與揮動那鋼筆的自己的手，不覺湧現了一種好像看見了妮娜四角褲時的感受，差點兒又要笑出來了。

「我還要工作，你們三位請自便吧，就當你們自己家自己喝喔。」

我將書遞給那兩個女人，壓住笑意這麼說。嗄？妳說什麼？白木朗聲問，我當沒聽見，走進書房。

門關上後，我以為馬上就會聽見敲門聲，但白木也沒追上來。我當然也沒辦法在那情況下集中精神工作，只好無甚聊賴地收拾起了桌上書本、愣愣看著寫到一半的稿子，下意識打開耳朵聽時，也沒聽見什麼客廳的聲音。我那個門啊只要一帶上，就什麼外頭的聲音也聽不見了。也有可能那三個人正在外面四目相覷地喝酒，只用表情交流。約莫過了半小時吧，白木粗暴地打開了門走進來。

「她們兩個回去了。」

噢，是嘛，我回。

「妳那樣也太過分了吧？她們兩個人就那樣被妳丟在那裡！明明是為了要見妳才來的——！」

白木近乎咆哮，真不敢相信，這個男的在這種情況下居然還敢對我發脾氣？

「她們根本就不是來見我，你沒看她們兩個傻乎乎連我寫過什麼都不知道嗎？」

「妳就只要親切地接待她們一兩個小時就好了，難道連這妳也做不到嗎？」

「我為什麼要親切地對待跟你睡過的女人？」

我以為我回答得很平靜，口氣卻不禁高亢了起來。是我對白木這個男人的憤怒……不，是對他的憐憫激發了我的激憤。

「妳為什麼都要想到那邊去？我就只不過是帶了兩個以人來講，我覺得很有意思的女人來給妳認識一下，妳難道要我不能跟妳之外的女人說話嗎？」

「對你來講，已經沒有用處的人，你想怎麼對待都沒關係是吧？」

「妳在說什麼啊——！」

「我說你！你對我已經失去了熱情不是嗎？你正在苦惱該怎麼結束這段關係不是嗎？」

「是妳吧！失去了熱情的人是妳！」

「或許吧。」

我瞪視著他，他也瞪視著我。但白木眼裡有更多的情緒是不解，更甚於怒氣。我想我的表情大概也一樣吧。我心想，真的沒想到我這一刻就要這樣掀牌了。

「我跟一個年輕男人睡了！」

白木瞋大了眼睛怒視。我看見他那神情，驚覺自己已經後悔了，不是為我自己，而是為了他。但是來不及了。

「你根本就沒察覺吧？我做過了什麼，你根本早就不在乎了——」

白木咬牙切齒，僵著一張臉就那樣走了。

從那天起，已經兩個多星期，白木都沒再打電話來。

「看，飛魚！」

白木伸出了手指。

「哪裡——？」

「那裡啊！妳看，還在飛。那裡啊、那裡，妳看那裡。」

我拚命凝起眼睛張望，但所謂追在船身後面那種魚，根本就混在了船尾飛濺的水花中分辨不出來。

「已經看不到了啦。」

白木帶點賭氣地說。

我們從佐世保港搭上這艘渡輪，打算前往崎戶，白木度過了少年時期的一個島嶼。午前的渡輪上，其他乘客幾乎都是要回島上的居民，在船艙裡頭優哉游哉吃著便當看著報紙，只有我們兩個出去了外頭甲板上。

白木在隔了兩星期後給我來的電話裡頭，邀我一起來這趟旅行。他說，妳想不想去佐世保看看？我們在那待一晚，隔天去崎戶。我一直都想哪天要帶妳去一趟。我們兩個誰也沒提起好一陣子沒連絡的事以及造成了這情況的爭吵，就這麼來到了這裡。

「還好嗎？要不要回去船艙？」

「不用了，在這吹吹風還比較舒爽。」

我跟他在羽田機場碰面時，白木就已經不太舒服，說是被孩子傳染了感冒。我本來就知道他體弱不耐燒，一發燒到三十七度，人就投降了。我說這次還是先取消吧，但白木不聽勸，說他睡一晚上就好了。於是我們到了佐世保後，只去了一家小料理店稍微待一下就回去飯店，一進到房間，白木立刻砰——地倒在床上，隨即打起鼾來。今天早上起來，似乎又更嚴重了。

渡輪抵達港口，我們換乘計程車。白木告訴司機「麻煩載我們到二坑」後，車便沿著海岸線旁道路前馳。時序已至十月，群樹依然蒼蒼鬱鬱地把山丘都給蓬鬆了起來。每轉一個彎，海便給切下一片，晶亮閃耀。我看山丘頂上，整齊蓋著成排的白色混凝土建築，問道那是什麼，白木回說是給坑伕住的公寓。他因為發燒而顯得有氣無力的聲音，聽來像是發自不同男人的口音。

「你們是雜誌社的人嗎？」

司機試著跟我們搭話。

「不是。」

白木聽來有些不悅。

「廢坑以後喏——，會搭計程車來的不是報社的，就是雜誌社的記者囉——」

司機繼續以一種有點刻意的樂天語調說。

「不是雜誌社的，為啥要去那廢棄的礦坑咧？」

白木沒回話。平常不管怎樣，他一定會立刻回些讓計程車司機又驚喜又意外的妙答的。

「他以前住在這裡呀，小時候。」

我沒多想地從旁插嘴。

「我載到很多客人也是這樣喏——」

司機接話。

一看見了海岸旁的聚落後，白木立刻請司機停車。我們回絕了司機表示若是我們想在那一帶走走逛逛，他願意留在原地等我們的提議，沿著聚落而去。

那一帶是二坑裡頭的生活區。木造住宅戶戶頹圮破敗，感覺好像它們彼此幫對方撐著才勉強沒垮下來一樣。幾乎所有窗戶不是破了，就是已經被拆走，我探頭一看，還有人家的榻榻米底下甚至竄出了草叢。這裡本來是一家豆腐店呢。白木停下腳步的那棟建築，也老早看不出一點商鋪的樣子。原本是妓女戶的某塊區落，更甚至已經連房子都不剩，只看見土不曉得為什麼被挖出來堆成了小山。沒有人蹤。連人的氣息也淡薄得彷彿存在於遙遠彼世。崎戶炭坑完全閉坑，記得是在三年前左右沒錯，沒想到，短短三年之間，原本以石炭產業繁盛一時，當年應該人群熙攘熱鬧的市鎮，竟然也這麼快敗落到了這地步。

「你家以前在哪兒啊？」

「再往下面過去一點的巷子底。」

我們往下走到那巷子裡去，巷子底盡有條小河打橫流過，對岸人家看起來比方才看見的那些更加破落。你家是哪一戶啊？我又問了一次。那一戶啊——白木伸出了手指。那裡不是有一戶窗戶稍微歪斜的嗎？我們以前就住那裡呀，我奶奶、我妹跟我。我點點頭，即使我其實無法分辨，在一大片連哪裡是窗戶都看不大出來的家戶之中，他指的到底是哪一戶。

我以為我們會繼續往下走到那兒，白木卻掉頭開始走回來時路。在這兒稍坐一下吧，實在有點喘。白木走出巷口時，一屁股往後頭一棟建築物前面的石階坐了下來，我也正想要在他旁邊坐下時，他說等等、等等，屁股抬了起來，從褲後口袋中抽出一條手帕鋪在石頭上。他這個人，就是這樣看似無心，把一份體貼給展現得恍若有什麼東西輕輕滑了出來、連他本人也沒有意識到似的，就是白木這個男人。

「這兒以前是澡堂呢，妳探頭進去瞧瞧。」

我往背後開了一個大口的入口朝裡探，裡頭超乎想像寬敞，也看見了好像是以前更衣室遺物一樣的櫃架。通往澡池的隔間早沒了，前頭光線照不進的後頭深處看來宛若什麼靈廟般的空間。我坐回了原本姿勢，感覺背脊有點涼。

「廢坑之後，你來過了幾次啊？」

之所以會這麼問，是因為我感覺這個島嶼之於白木，比起從前繁榮的礦坑小鎮時代，如今這化成了廢墟的島嶼毋寧更是他的故鄉。

「好幾次囉。」
白木簡短回道。
「你說你在這兒住到了十五、六歲的時候嗎？」
「是啊。」
「你那個不安分、喜愛遊蕩的老爸，沒有住在崎戶嗎？」
「有啊，我們有一陣子一起住在崎戶啊。」
「伯父也進礦坑工作嗎？」
「沒有，他做文書方面的，不用進山。」
「你在十五歲左右，不是也進過隧道裡頭搬過煤礦嗎？」
「嗯——。」
白木的話很少，反而是一邊回想他對外公開的個人年表與先前曾聽他提過的生平，一邊提問的我顯得饒舌。
果然是因為還在發燒嗎？我本來已經有了心理準備，他一定會在這裡發揮他擅長的加油添醋功夫，大談特談比任何他至今為止所公開過的各種軼聞都更精彩的趣話，但或許，眼前這個白木才是真正的他吧？我不經意間這麼想。這個在廢墟中木然無語的他，或許，才是白木原本的樣子。

「我帶來這裡的除了我老婆以外，妳是第一個。」

白木說，又補了一句，不是誑妳的。聽得我都笑了，為什麼他要帶我到這兒來呢？

走吧——，白木起身，握住了我的手，接著我們倆便這樣手牽手朝著大海走在小巷裡。對於白木來說，也許他只是因為發燒恍神才那麼做，然而那是我們倆第一次手牽手。那手，好熱好乾。

有什麼從體內深處湧了上來。這個男人是如此可喜可愛，我在心底想。如此無可奈何的一個男人，又是如此叫人疼惜，疼惜得無法可想。

我想要跟他結束了。體內湧現一股比先前更大的力量，在同樣時間也這樣盼望。巷子前頭那片霍然躍出的光亮被清清楚楚打橫切成了兩半，底下是海，我想就這麼直接走進那裡頭去。我不能跟白木一起去，不能帶他去，只能夠自己一個人去。我的那想望，近於嚮往，更強過決心。如假包換，是呈現在我面前的一條道路。

筆子

算是所謂的旗竿地嗎？那塊地被夾在兩家住宅間的一條窄路前頭，我們幾個很自然就排成了兩列走。

秦先生跟篤郎走在前方，房屋仲介跟我走在後方。我們幾個人在約好的久我山車站會合後，秦先生就一直以不遜於篤郎的大嗓門高談闊論，不是在講土地的事，而是先前被宣判死刑的那起「毒葡萄酒事件」。他口氣強硬不斷批判警方與司法單位，聽得仲介一臉尷尬。

路旁單邊並排了一些花盆，裡頭種了些紅、黃、粉色等常在幼稚園花壇中看見的花卉競相盛放，我問了仲介，那些是不是他特意幫我們擺在那邊的？

「不是、不是，大概是隔壁鄰居放的吧……」

年紀跟我差不多的略微中廣的男子一臉慌張地回答。

「大概想從窗戶後頭看見外面的花吧，可能因為沒人走，感覺像是自己的土地一樣。晚點你們如果決定購買，我一定去會請他們移開。」

不是那個意思，但我不想在這話題上打轉，於是無可無不可地點了點頭。他那句「大概想從窗戶後頭看見外面的花吧」莫名地停留在耳邊，是什麼樣的人會想從窗戶內看見外面的花呢……？

「唷——！不錯吧，這景觀？」

秦先生又扯開了嗓門。他跟篤郎不曉得是在哪裡的酒館認識的，本行是做土木建築，但講話跟行徑不如說更像是一個社運人士。他只來過家裡幾次就與篤郎混熟了，每次一來便鼓吹我們「該蓋棟自己的房子啦——！」「我會幫你們照看」，順著他的話頭聊呀聊，沒想到竟變成真的在看土地了。

方才從車站過來的路上先經過一條長坡，的確從這兒眺望出去的景緻相當不錯，雖然只看得到一大片住宅。

「這一頭可以做一大片露台，在這邊喝啤酒肯定很暢快——！」

秦先生說，仲介也跟著在旁邊補了一句——這兒夏天看得到煙火唷。

「白木老師，怎麼樣？您不覺得很不錯嗎？」

「是啊，不壞呢。」

「夫人呢？怎麼樣？」

「嗯，不錯耶。」

秦先生朝仲介扮了個鬼臉，他一定心想我們口頭上說不錯，但肯定這一次——包括今天已經看了第三塊地了——也沒打算要買吧。

事實上，我猜篤郎應該不會買這裡，他大概會說想要再多看看一兩塊地比較一下，或是感覺上好像少了點什麼。倒不是因為土地的大小或價格、坡道這類因素，而是如果要說有什麼阻礙了我們買下這塊地，大概是那些種在花盆裡的花吧。不是因為鄰居佔用了土地，而是那些被整齊有序種植在花盆的一年生植物當中，某種被置入於其中類似意志般的存在，讓篤郎跟我都覺得好像被人拉住了腳一樣吧。

星期天。海里跟焰正在玩迷你家具組。

兩年前左右，海里起了頭吵著買了一套有床跟沙發、餐桌椅的套組，現在家裡光小孩子手掌心那麼丁點大的玩具家具已經塞滿了一整個大餅乾罐，種類與數量都增加了好多。

海里的家、焰的家。兩個人各自以手帕跟空箱子的盒蓋鋪在地上當成了房間，擺上家具。這裡是接待室、那裡是飯廳，不夠的家具就用火柴盒或瓶蓋跟一些不用的零碎物什充當。兩個人好像覺得這麼玩很有趣。去二樓要搭電梯，海里把我一個用舊的零錢包打開來，把一個藥房給的塑膠青蛙擺在上頭，手指頭捏著往上升。

「沒怎麼起勁的話，我們繼續住在這裡吧？」

我跟篤郎說。在我們位於集合住宅家中的飯廳中，飯桌是最近剛買來替換的。我有一次跟篤郎難得去看電影，回家的路上偶然走進了一個陶瓷品展示會，在裡頭看見的，商家用來擺設展品用，我硬堅持要買，對方推卻說是非賣品，頗有難色，但我硬是纏著讓人家讓給我，那麼堅持，讓篤郎也很驚訝。

「可是我們已經跟秦先生說好了。」

篤郎一邊剝著枇杷的皮一邊這麼說。他很愛吃枇杷，少數他難得肯自己剝皮吃的水果之一。

「要買的話，久我山那塊地不是也不錯嗎？」

「不錯是不錯，但想不到一個就是『必須非這裡不可』的原因嘛——」

「哪兒有那種地那麼好找，我們畢竟還是找在東京裡頭的住宅區啊。」

「妳不也是？妳也沒那麼想買地自建吧？」

「又這麼說了，都推給我就對了。」

我對他苦笑。攤散在我們前頭的，是一堆至今為止所看過的所有土地資料，甚至還有秦先生另外去搜集來的物件傳單。我知道篤郎在猶豫，他猶豫的不是該買哪一塊地，而是買地自建這件事究竟正不正確。買一塊土地蓋一棟自己的房子這件事，對於篤郎來說，就像是他人生所能達成的成就之一，但同時他心底也痛恨著自己的那份心思。

「我出門囉——」

彌惠忽然露臉，穿著一件她自己縫的新洋裝。星期天是她的休假日，她最近好像每週末都往外跑。

「也太過頭了吧，那個……。」

彌惠一出門，篤郎馬上竊聲說，說的是她的妝。我把食指比在嘴前，海里已經十一歲了，多少聽得懂大人的話。

「沒問題嗎？」

篤郎又再度壓低了音量。彌惠現在有個男人，前些時候她才跟我坦承那男的是個有家室的。「妳絕對不能跟別人講喔——」，她囑咐我，但我當天就告訴了篤郎。

「我們講什麼哪會有什麼用，會怎樣就會怎樣吧，這種事。」

我刻意以平常音量說，不想讓小孩子覺得我們大人在講悄悄話。

「那倒也是——」

篤郎同意。他平常做的那些事事端端，他大概也沒資格講別人吧。儘管如此，篤郎還是毫不掩飾對彌惠的對象，還有被那種對象給「困住了」的彌惠的嫌惡。要讓我說他這個人啊，對於自己以外的人所套上的價值觀，毋寧非常保守。

「真希望她乾脆什麼都別講。」

最後他丟出了這麼一句話，放下了這件事。

嗚哇哇——！震天哭聲霍然響起，簡直像算準了時機一樣。焰一邊亂丟迷你家具，一邊跺腳狂哭。不玩了啦！焰每次都哭！每次都要拿人家的玩具！海里翹起嘴巴抱怨。

我只好去隔壁房間陪孩子。大概是焰亂抓的吧，剛才還被拿來當成房間的手帕已經給揉得亂七八糟。

厚重玻璃杯中，小小的氣泡噗滋噗滋浮著。口徑歪歪斜斜，整體造型讓人聯想到植物。

我在杯裡丟進了三顆冰塊，倒入威士忌。

「妳要喝吧？」

我舉起杯子，蒔子立刻睜大了眼睛連答「要呀要呀」，我幫我自己也倒了一杯，在妹妹對面坐下來。

暑假已經過了一半，今天是星期日，彌惠又出去了。篤郎帶著孩子們去了附近大學操場，因為海里要練習騎腳踏車。不過他們知道蒔子今天要來，應該馬上就會回來。

我在四個兄弟姊妹裡排行老大，蒔子是我最小的么妹，跟我相差十四歲。兩個弟弟都乖乖在佐世保繼承了老家的和菓子店生意，只有蒔子好像跟隨我腳步一樣地也來了東京。現在她在東京一邊演戲，一邊在酒館裡唱香頌，不知問過了她幾次，到底是靠什麼過活的，每次總聽得一頭霧水。不論如何，她肯定是家裡兩個老人家的煩惱源頭，他們一定心想，我好不容易才安定了下來——他們以為，卻換成了蒔子不曉得在東京過著什麼他們完全無法理解的生活。

「這裡最棒了，從白天就能喝酒。」

蒔子把酒杯舉高到眼頭這麼說。

「滿時髦的耶，怎麼會有這個？」

「篤郎不曉得從哪裡買回來的，說他有個朋友在用玻璃做各種東西。」

「噢——，那我也想要一個。」

「妳跟篤郎說呀。」

我沒再多提玻璃杯的事，反正篤郎回來之後，肯定會把對我扯的那一套又再對蒔子扯一次。

我起身去切燻鯖魚。

「嗚哇——！好好吃耶，這妳做的？」

「不是，萩原姊給的，她自己燻的。」

這事我倒是沒撒謊。

「萩原姊……？該不會是那個萩原姊吧？」

蒔子睜大了眼睛。我點點頭，對啊。

「等等……，這怎麼回事？笙子，妳該不會還跟那個人有往來吧？」

「也沒什麼往來不往來，就是有時候她會打電話過來，有時她收到一些罕見的禮品或是做了什麼好吃的菜……妳知道的嘛，那個人很會煮菜。」

「可是萩原姊……不是跟篤郎……，不會還在攪和吧，那兩個人？」

「沒了啦，早結束了，所以她有時候才會打電話來呀，不是打給篤郎，是打給我啦。」

「然後帶著像這種東西出入這個家啊？」

「不是她來，是我去拿。海里喊她『住荻窪的阿姨』。」

「嗄？這～～我真是搞不懂了，我這種凡人，真的無法理解這種事唄──」

蒔子故意講佐世保腔。出乎我意料地似乎沒打算繼續追問。大概就像我已經習慣了篤郎這個男人的作風，她也已經習慣了自己姊姊變成篤郎太太後的風格吧。

篤郎在跟我結婚前曾經有個戀人，兩人婚後還藕斷絲連，那人就是萩原姊。不過我可以確定，他們兩個現在是真的已經結束了。萩原姊在知道有我這個人的存在後，還是繼續跟篤郎在一起，但他們兩人的關係一結束時，不，甚至在他們的關係依然還是現在進行式時，我就已經沒了責怪她的念頭。甚至我覺得萩原姊有點像我的同志，就她已經能夠了結一段我依然未能了結的關係這件事來說，她甚至讓我感覺有點像是我的大姊。其實我很想在蒔子面前把這種感受化為語言說出來，趁她在時確認一下自己的想法。

「咦，這是什麼？」

正打算轉換話題的蒔子，發現了擺在桌子角落那一堆書跟原稿小山上的不動產廣告傳單。哎呀——，我心底嘀咕，一直擺在那兒，看慣了便沒想到要收起來……。

「你們打算買地蓋房子啊？」

「唔……不知怎麼回事就變成了這樣。」

「哇——，自己的房子耶，真是太妙了，那個笙子跟篤郎要自己買地自建耶——！」

這時候聽見了開門的聲音，是篤郎與孩子們回來了。啊——！小蒔，小蒔來了——！孩子們蹬蹬咚咚跑向蒔子，篤郎則悠哉悠哉跟在後頭進來。

「唷——！好久不見啦！」

篤郎直接坐到我旁邊，所以我起身去幫他也弄一杯威士忌加冰塊回來。篤郎帶回來的那兩個玻璃杯——肯定是他現下正交往的對象做的——被我跟蒔子拿去用了，我猶疑了一下。

「你要用那個喝嗎？」

我指了指放在桌上的我正在用的那個杯子。噢，我隨便拿個杯子就成了，篤郎說。妳們兩個難得聚頭，用好一點的杯子喝吧。

「很不錯耶，這杯子。」

蒔子又誇了一下那杯子，聽得篤郎好像很舒心地回——

「不錯吧——」，我又聽見他說「我在一個常去的酒吧……店裡認識的人……」。

「那個做玻璃藝品的，該不會也剛好是個不錯的女人吧？」

我回到桌邊時，剛好蒔子這麼問。

「才不是呢，還是個小丫頭！」

篤郎說，以一種無所謂的語氣，輕快而乾脆的，於是我多知道了一點關於他這位新情人的資料。一個像是小孩子一樣的年輕妹子，搞不好，還比蒔子年輕？

接著就那麼到了晚餐時間，孩子們熱愛他們這位「小蒔」姨姨，很興奮。蒔子的自由氣息、毫無責任感的魅力大概也讓孩子們感受到了，我這妹妹應該也已經談過了兩三場戀愛，然而肯定還沒嘗過什麼叫做不自由的滋味，肯定也沒想過，竟然有人會自己讓自己不自由。

往昔蒔子也曾用現在孩子們看她的那種目光那樣仰頭看著我，那時候的我，覺得父母、職場同事甚至整個生長環境、整座城市都叫我感到不自由，但那時候的我大概還不曉得真正的不自由是什麼情況吧。

差不多快吃完時，電話響了起來。離電話最近的人剛好是蒔子，於是她接起。喂——喂喂——？這裡是白木家。她重複了好幾次後說聲「掛了」，把話筒放回去。

「騷擾電話？」

海里講了一個最近剛學會的詞。唔，不曉得耶，搞不好是因為我接起來的，對方以為打錯了吧。蒔子這麼回答。

電話又響起，我站起身，但這回只響了一聲就斷了。什麼啊——！好討厭喔。蒔子皺起眉頭，不過她已經醉了，看來沒有興趣圍繞這話題打轉，電話後來也沒再響起。

蒔子起身要去趕末班車時，篤郎說道。我又不是小孩子了，不用了啦，蒔子推辭，篤郎還是說，好啦我送妳啦，我也正好喝多了想出去走走，便與蒔子一起走出了家門。

「我陪妳去車站吧。」

孩子們早進房睡了。彌惠剛才回來，跟蒔子打了個招呼便趕快溜回去她房間，一副哎唷我可不想跟醉鬼打交道，壞了剛約會回來的興致那樣子的表情。正好我也想獨處，覺得慶幸。

穿上圍裙，開始洗碗。

把桌上那些髒碗盤跟玻璃杯拿到洗碗槽，鯛魚生魚片還剩下一點點，裝進小碟子裡再倒點醬油醃著。從家裡到車站走路只要四分鐘，蒔子再怎麼樣帶著醉意走得搖搖晃晃，這時候應該也到了，至於篤郎，那點小酒，對他來說怎麼可能算「喝多了」呢。看見蒔子走進了車站後，篤郎轉身。這時候一定正在心焦，所以肯定是朝車站前的電話亭走去吧。

我從較不油膩的洗起。海里與焰喝麥茶的茶杯、我與蒔子喝到一半時改喝葡萄酒的紅酒杯，然後是這兩個玻璃杯。女人做的玻璃杯。兩個上頭都輕輕沾了我跟蒔子的口紅印。

方才電話響起時，篤郎那副忐忑樣。大家都沒注意到，我可是意識到了。他之後便一直坐立不安，現在一定正在電話亭裡頭跟那女人講電話吧——幹嘛啊妳，不是叫妳不要打電話到家裡頭來嘛。有什麼事非要打的話，就別切斷，妳就叫我去聽就好啦。大概是正在講這一類的。噢——接電話的不是我老婆啦，我老婆她妹來了。也可能正在這樣解釋，對著像小孩子一樣的年輕女人。我也想跟妳講話啊，所以才出門哪。唔嗯，沒關係，再講一會兒也沒關係。也可能正在這樣輕聲低語。

篤郎這個人，到底為什麼那麼愛說謊呢？

之前去萩原姊家拿燻鯖魚時，我就這麼問過她。在她一個人住的廚房裡，看著她幫我端出梅酒，把燻鯖魚裝進便當盒中給我的背影時，不小心輕溜溜問了這麼一句。

噢——，那是因為，篤郎不說謊就不是篤郎了啊。他不說謊，就活不下去了呀。

萩原姊用一種彷彿正在教我做燻鯖魚一樣的語氣那樣回答。

女人做的玻璃杯。現在，我正洗著女人做的玻璃杯。我用沾上洗碗精的海綿洗去口紅印，再用水沖。現在，要是我把這扔到地上的話會怎麼樣呢？我這樣想。不只一個，為了要讓篤郎清清楚楚明白我的意思，我要把這兩個都扔個粉碎，站在那些碎片中，等著他回家的話會怎麼樣呢？

我已經受不了了，我要跟你分手——要是這樣跟篤郎說的話會怎麼樣呢？最後應該分得成吧？就算篤郎再怎麼解釋、怎麼試圖說服我、怎麼發飆、怎麼樣怨嘆，只要我堅持下去，孩子們應該會跟我吧，我不覺得篤郎會堅持要拿到監護權。

生活怎麼辦呢？我可以回去佐世保的娘家。爸媽應該會唉聲嘆氣，可是最終還是會接受我回去吧。我也要找個工作。可能可以回去當國文老師，也可以當家庭教師。趁空檔的時候開始寫點小說吧。反正不用照顧篤郎了，就算要一邊工作，也絕對擠得出時間。沒錯，我要開始寫小說，這一次要用自己的名字。

我把玻璃杯倒放在瀝水盆。

沒丟到地上、沒摔個粉碎，當然。那些只是我的幻想而已。就像小孩子幻想不存在的星辰，在紙上畫下長了翅膀的人、球狀的家，還有巨大昆蟲拉著的交通工具一樣。

我不會跟篤郎分手。不是不能跟他分手，而是我不會跟他分手。

碗洗完了篤郎還沒回來，所以我打開了電視。

畫面上忽然出現長內美晴的身影，害我嚇了一跳。她站在不曉得什麼展覽會場的展示掛軸前，正以柔和的語氣解說。

這麼說起來，前一陣子篤郎也跟我一起看過她出現在電視上的節目。那是一個介紹日本各地展覽、戲劇、活動等藝文活動的節目，她接下了主持棒，那次篤郎先查好節目時間，我們倆坐在電視機前等節目開始一起收看。

那次長內美晴出現在螢幕上時，篤郎一直沉默著沒說話，看得聚精會神，等到節目播放完畢他才淡淡說了句「幹嘛接那種節目啊」，說完了人就回去書房。我原本以為他跟長內美晴已經結束了，那時心想，該不會兩個人還在繼續吧？

搞不好到現在他們還在一起。我看著長內美晴走向下一樣展覽品，再度這樣思忖。

繪上了菊花的全紅紋綸子[9]搭配上赤紅腰帶，她的和服品味令人讚嘆。

要是他們兩個人還在一起，那麼這段關係已經維持五、六年了。篤郎有跟誰在一起那麼久過嗎？除了我之外。但當然，他在這五年間也不是只有長內美晴這一個女人，畢竟是個連在異國他鄉都能搞上個女人的男人哪（有過好幾封俄文國際郵件寄來家裡，篤郎要我幫忙翻譯，憑我那一點只上過一小段時間語言學校的語文能力，當然看不懂，但也找到了好幾個表達愛意的字眼。這女人看來很中意我啊——篤郎得意洋洋地說，他大概覺得那種旅行異鄉的小冒險沒必要瞞著我吧）。

幾個星期就結束了的女人。幾個月才結束的女人。也有些女人是又重新在一起短暫時間。篤郎只要玩真的便會努力瞞住我，但若不是真心，便不瞞我——毋寧說，會更想

9 一種以織法展現圖案的柔軟而帶光澤的高雅和服。

刻意讓我知道——結果我就這麼知道了篤郎的歷任女人，能夠數得清清楚楚。長內美晴也是這樣嗎？她也知道篤郎除了自己以外，還有其他女人嗎？應該有發覺吧，一定。她也知道那做玻璃杯的女人吧，她是怎麼想的呢？要是長內美晴，大概會把杯子丟到地板上說我受不了！我要跟你分手吧，她會這樣跟篤郎講嗎？

聽見了門開的聲音，我趕緊關掉電視。心底覺得這樣的自己真好笑，好像長內美晴其實是我的女人一樣。

「晚上真涼，騎腳踏車好舒服耶，騎著騎著，就稍微騎到遠一點的地方去了。」

這就是篤郎對於他晚歸的藉口。

最後我們買了調布市內的一塊土地。

那之前看過的物件，不管是坐落在番茄田或水田之間的住宅區都已經讓人覺得很鄉下了，調布市內那塊地更是令人感覺舒心愜意。走個五分鐘路，就有多摩川流過，篤郎似乎對這點很中意。而且說來，不管是篤郎或我都已經看地看得疲了，或許這才是最終定下來的真正原因。

銀行裡某個小房間內，篤郎往多得像小山那麼高的各種文件上簽名捺印。用篤郎的名義貸款，也只能讓他簽，我只能在一旁看他忙。

不好意思，請您在這裡、這裡簽名，還有這裡。說話的只有房屋仲介與負責我們貸款的銀行員，篤郎淨皺著眉頭，不發一語簽過了一個又一個。他今天的字不像寫小說時那麼細亂，清楚又乾淨，或許因此看起來有幾分像女性的字。

不曉得為何我忽而想起了買飯桌那時的情況。那時在那家藝廊裡，我也看上了好些器皿，但不知為何就是無論如何實在很想要那個被當成了展示台的桌子。沒有半點裝飾，就只是一張乾淨的核桃原木板跟四隻扎實的桌腳而已。我們之前用的那張桌子，是搬到集合住宅時出版社送的賀禮，他們給了我百貨公司目錄讓我自己選。說起來也不是喜歡或不喜歡，老實說，就是一張全家人圍著吃飯也沒問題的桌子，但就在那家藝廊看見那張桌子的瞬間，無論如何我就是非那桌子不可，突然湧現那樣的心情。

就這樣，桌子入手了。如今一想起自己當時像個潑撒小孩子一樣的瘋狂物欲就覺得羞恥。到底為什麼那時候那麼想要呢？把那張桌子變成了我的之後，我真以為有什麼事情會有所改變嗎？

呼——，篤郎嘆了口氣，文件怎麼簽都簽不完。貸款要付三十年。三十年。多麼漫長的數字啊。比起能否還完，更令人在意的反而是這數字本身了。從今而後，有那麼長的年月將從我與篤郎之上流過嗎？

三十年。篤郎照著他們說的繼續簽名。我可以把這想成是他所給出的承諾嗎？他將一直在我們身邊生活，以一個父親的身份、一個丈夫的身份？他今今後後並不打算將我、將我們家庭拋下？

此刻，這堵塞在我胸口的究竟是什麼？是安心，抑或絕望？

我不知道。

篤郎放手後，海里還是繼續踩著腳踏車前進。

在轉彎的地方搖搖晃晃了一下子後終於停下來，她回頭一望，連她自己也對自己竟能自己一個人騎上這麼一段距離感到驚訝。我揮揮手，篤郎跑過去，把海里的腳踏車掉頭，說聲「好，騎——」便往我這方向推出。篤郎很快就放手，但海里還是繼續一個人穩定地朝我這邊騎來。

「好棒唷——妳會自己一個人騎了耶！」

我刻意誇張地鼓舞自己一個人騎回來的女兒。

「再來就要練習自己一個人騎出去了，妳一定馬上就學得會。」

篤郎也說。

「還要再騎一次。」

海里要求，篤郎於是撐著腳踏車，海里安穩出發。

焰在跑道旁的草地上玩耍回來，說聲「飯糰」便往我手上遞出了一個圓滾滾的小石頭。今天我們全家人都跑來這大學操場玩。照篤郎所說，運動社團沒使用操場的時候不管誰進來都不會被罵。不管是不是真的（現在還沒有人介意我們的存在），只有篤郎才想得到要跑來這種地方練騎腳踏車。在集合建築物前的那片小空地練習時，就算有我撐著，海里也還是騎得巍巍顫顫，但一跟篤郎來到這片操場上，馬上就自己一個人騎得很順了。

「妳自己騎過來，騎到這邊——」篤郎朝停下來往我們看的海里說。

今天篤郎感覺有點怪，好像有點刻意……，有點刻意地跟我們待在這裡，但感覺又不像是想去別的地方或是跟人有約。今天早上秦先生拿了新家的素描草圖跟設計圖來，一個摩登而精緻的房子，篤郎不小心說了句「哎唷！這什麼房子啊？」跟那件事有關嗎？他會不會是事到如今，開始對於要於蓋一棟自己的房子這件事後悔了呢？

後來我才發現不是這樣，是在離開操場回家的路上。

白晝逐漸拉長了，西邊的天空晚霞滿照。海里牽著腳踏車走在我們前面，焰則追著她姊姊。

「長內美晴好像打算要出家……」

篤郎輕輕拋出了這麼一句。

あちらにいる鬼

CHAPTER
5
/
1973.11.14

香煙裊繞之中，我在教授阿闍梨[10]的敦促下站起身。剃髮儀式與得度儀式在不同的房間裡舉行。

本堂後頭的大廣間中已經備好了所需物事。最初映入眼簾的，是一張鋪了白布的桌台，上頭整然有序放置著香爐與剃刀、包髮紙等物。姊姊不知何時已經從本堂過來了，正坐在房間角落。得度儀式允許家人與朋友參加，不過今天來的只有我幾個朋友，家人中則只有姊姊。

理髮師是位年輕女子，一看見我，似乎有些怯縮，大概是認得我的臉吧。一樣的——教授阿闍梨以令她沉定下來的聲調說。我在規定的位子上坐下，理髮師立即以上過漿的白布將我脖子以下蓋住。

為了今天，特地選了一件下襬描繪了幾把大扇子隨意散落的黃綠色留袖[11]，搭配雲朵圖紋的佐賀錦袋帶[12]。白布蓋上前，一瞬間，那色樣映入了眼簾。今日為境，從此我便不能再穿上俗世的衣裳了，所以這套和服與腰帶，今天也是最後一次穿了。這是我所喜愛的一套搭配，以前跟白木約會時也穿過。呵呵——，白木的聲音掠過了耳內深處。那時他為何笑呢？噢，對了，那時因為我想吃看看在鬧街上擺攤的安倍川麻糬，買了來吃，白木見我只咬一口便露出一臉複雜的表情所以笑了。呵呵，妳看，所以才叫妳拿給我吧——那聲音中隱含了這樣的訊息。呵呵，洪亮的，就連不大聲說話時也能竄進腹內深處響透似的，白木的聲音。那時候我的確是穿了這件和服、綁了這條腰帶，是去參加一場文學獎祝賀典禮後跟白木約了見面。為什麼會想起這件事呢？難道那記憶讓我在無意識間選了這套搭配，做為今日的打扮嗎？

但白木的聲音就只那麼一瞬，隨即被隔牆傳來的梵唄聲給取代。剃髮時，梵唄師獨

10 出家僧人中指導、糾正弟子，爲其規範的師尊。

11 成年女性的正式和服，袖子裁留起來較短，因而稱留袖。

12 袋帶爲一種表裡雙層都有圖樣的高級和服腰帶。

唱的毀形唄。所謂「毀形」，毀去浮世人間之形也。教授阿闍梨靜靜走出了房間，我忽然感覺到一股惶然不安即將襲上，於是閉上眼睛，找回平和心。麻煩您了——。隨著我的聲音，理髮師的手放上我頭部。今日一頭及肩長髮也一如往常地綁成了一束，纏繞成髻。理髮師將手指伸進了髻中，把髮夾一個個拔了下來，並放在白布上。

頭髮全部被解開後，靠在脖上的觸感與重量令人眷戀起了這即將道別的髮絲。先前一直顯得躊躇的理髮師的手指頭忽然轉為流暢，深深伸入頭髮之中。我又想起了與白木之間的回憶。那是我們兩人最後一次以男女身份共度的夜晚，他幫我洗了頭。

之前就算他在我家過夜，也從來沒進過浴室，但那晚他忽然提議要一起泡澡。在脫衣處面對面褪去衣物時，我覺得很害臊，那時候，白木好似從來都沒有看過我裸體似地揪著我的身體直瞧，一句不吭。浴缸太小，兩個人同時泡的話太擠，於是白木從背後摟著我以那樣的姿勢坐在浴缸裡。他雙手輕輕抓著我雙手，有時候把熱水淋在我肩頭，但動作上好像似乎避免與我有任何性接觸。就是那之後，他那麼說了——我幫妳洗頭吧。

我們在浴缸外朝著對方坐下來。白木讓我坐在浴室小凳子上，凳子只有一張，所以他直接坐在地板上，也沒用毛巾遮著，晃來晃去的東西就算不想看也會看見。這景象，要是誰看了都會覺得很滑稽吧。我低頭，閉上了眼睛，白木拿起蓮蓬頭幫我沖熱水，手指插入我髮絲之中。

他手指頭那麼細短，搓揉我頭髮的勁道卻出乎意料強而有力。一下子抓、一下子拉，一下子揉洗頭皮，一下子又抓搓再拉開，最後拿起蓮蓬頭幫我沖去泡沫，雙手捧著我的臉將我臉筆直朝向他自己說，「好了，洗好了」。我沒看漏了那眼眶中的淚水，不過他馬上站起身，發出很大聲響一屁股泡進了浴缸裡，「呼——」很刻意嘆了一聲氣。

「我想出家。」

這麼告訴他的時候，他沒有驚訝，搞不好我自己反而更訝異自己口中竟然說出這種話。但話一出口，彷彿那句話原本就在我這個人體內似地，甚至一直與我相伴相生。

我們眺望著大海，白木故鄉崎戶的海。來了，來到這裡了。這感慨夾雜著好幾層意義，攫獲住了我。

「也有這個方法啊——。」

白木如此回應，我稍微有點想笑。

「你不阻止我啊？」

「我阻止妳，妳就會聽嗎？」

「嗯，倒也是啦。」

的確，白木說得沒錯，但另一方面，如果他阻止了我——譬如說怒喊「妳說什麼傻話啊！」「妳要拋棄我嗎？」我會有什麼樣的感受呢？我思索。會因為就此證明了他心底還有我而開心吧，但是開心之後呢，會生氣吧？因為那樣企圖阻止我的行為是如此缺乏責任。噢對，現下這個回答「也有這個方法啊」的白木搞不好是我們兩人交往以來最誠實的一刻了，我心想。

那時候我們手牽著手。雖然只是短暫片刻，但在巷子裡牽起的手彷彿已經融合為一，連牽著手的意識也已經忘卻。那手，白木緩緩地甩開，「啊——」低聲呻吟著在海濱坐了下來。

「你還好嗎？很不舒服嗎？」

我擔心白木旅途上一直沒有好轉的發燒情況。

「嚇死我了，嚇得感冒都不知道跑哪邊去了。」

白木抬頭看我，撇嘴一笑，不知如何回應似地。

「搞不好不應該帶妳來這裡的——」

說是這麼說，搞不好那時候白木心底也沒太認真看待，畢竟說要出家，但什麼事都還沒有決定，也許過一陣子我心意就變了，也或許，他能夠想辦法讓我回心轉意。至於我，要說完全沒有這樣一份心思也不是真的。自從我把想出家的念頭告訴他的那一天起，到今天已經將近一年，在這一年裡的天天日日，我跟他一起打發過去。打發、消磨，只能這樣子度過的每一天，畢竟在我與白木之間已經不可能再發生什麼了。

今年一月，白木從櫻上水的集合住宅搬去了調布市內一幢獨戶住宅。他一直沒告訴我他買地蓋了房子的事，就連搬家的事我也是聽一位應邀去參加他喬遷聚會的編輯說了才知道。聽見的當下，感覺自己的心冷到了谷底，同時也頓悟了某件事情。

跟白木見面時，我說你搬家啦？蓋了自己的房子了？噢喔，是啊，自然而然就變成了那樣。白木不情不願地點點頭。什麼樣的地方啊？怎麼樣的房子？你也參與設計了嗎？我不斷執拗追問，想聽他得意洋洋意氣風發地跟我真真假假侈耀一些他買地自建的事，但白木只是愈來愈不悅。

那時候我就明白了。這個人所需要的是什麼。家，家庭。隨之而來所象徵的幸福，又或者，這些事情所或許能夠擔保的幸福。白木需要那些——無論他本人再如何不願意承認。而我，我不需要。我不需要那些。那些之於我並無所謂，正因為無所謂，只要經濟方面盤算得通，我便會乾乾脆脆買下自己的房子，也沒有什麼不能告訴誰的顧忌。雜誌社要來採訪，便接受採訪拍照。我跟白木是不一樣的人。我一直以為是我自己在配合有家累的白木，然而事實或許並非如此，或許，是白木一直在配合著我。

差不多去年這時候，跟久別的女兒重逢了。

就在與白木去了那趟崎戶之旅回來後，接到了女兒的電話。

「我是沙織。」

她報上名字的時候我一下子意會不過來。誰——？一問之後的沉默令我瞬間頓悟。

「是小沙織嗎？」

我急切地問。「是，我是沙織」她又生硬地回了一次，語氣中好像在暗責我剛才那第一聲沒聽出來，就別叫得這麼親熱。我感到萬分沮喪。

沙織結婚了，即將跟被派赴法國的先生一起前往法國，希望能在那之前跟我見個面。

她指定了一家位於東京的飯店大廳。她在去成田機場前，好像會先在那裡住幾天。

我照她所說的出了門，在一家乏趣的商務飯店裡擺設在窄憋大廳充數的小沙發上坐下來後，沙織馬上就搭電梯下來了。離約定時間還很早，但我們兩人都一眼就認出了對方。

我心想這是當然的呀，但同時心上也湧現一股惶恐。我試著揚起嘴角，可惜臉上肌肉似乎僵住了，連我自己也不曉得我臉上到底什麼表情。女兒則露出了大概她事前就已經想好要擺出的臉色，面無表情地朝我走來。

「您好，我是沙織。」

就連這最初的招呼之中，也透露著一種預習過的聲響。

「好美，妳真美。」

我脫口而出心中湧上的感受，連考慮這一句話是否恰當的餘裕都沒有。事實上，沙織真的很美，穿了一件斜紋暖呢裙搭配了白毛衣，襯得一身的女性化線條更為綽約。她的眉宇間遺傳了比較多她爸爸的影子，或許剛新婚也有關係吧，肌膚與舉手投足間都滿溢出了一種女人的自信風采。

我們移動到飯店的咖啡廳裡頭對坐下來。下午四點鐘，要上不下的時間，反正女兒好像已經決定好了要到那邊去坐坐，就隨著她。我們隔著小桌子對坐了下來後，我問了她婚事，還有她是怎麼跟她先生認識的以及她先生的工作、今後的生活打算等等，聊完了這些後，就不曉得該說些什麼了。

兩人尷尬相對無語，女兒好像在等我說些什麼吧，看起來開始有點氣憤的樣子。大概是因為我的態度不如她所預料吧。她大概料想我會啜泣、會緊緊攬著她不可自已，其實前一晚失眠時我也想過這些可能性，畢竟這是闊別了二十四年之久的母女重逢哪，當我真正見到她的那一刻，會不會失控得無法自已？

但實際上，真的跟她面對面之後，我卻沒有落淚。在我對面的不是我女兒，而是被我拋棄了的女兒。我無法怪罪任何人，是我自己任性妄為，拋下了這個女兒。她在她父親以及繼母的慈愛教養下，完全沒有任何機會、任何理由想起我，成長為了今天這樣一個美好的女人。這事實，深刻地傳達到了我心腑深處，讓我的淚水無法流下。女兒與我之間，有著連淚水都無法落下的距離，沙織今年二十八歲了，這我也要計算過後才敢確定。

這樣的女兒，半個月前左右又再度給我來了電話。

我沒有告訴沙織我要出家的事，或者說我瞞著她，這樣講更正確吧。但是媒體鬧成了那樣，就算隔著大海，消息也傳進了沙織耳裡。

「出家的事是真的嗎？」

從女兒口中說出的那個字眼，聽起來好像什麼詭譎儀式的外文一樣——Tsu-jya。

「妳別擔心，我想得很清楚才決定的」。

我說，心想真感謝電話這種機器，讓人不用面對面說話。

「之前碰面時就決定了嗎？」

我猶豫了一下，不曉得該不該跟她說實話。

「那時候就決定了吧——？」

沙織口氣強硬地說。

「但是沒有告訴我。」

「我只是不想讓妳擔心而已。」

真的是這樣嗎？我一邊思忖，一邊這麼說。

「請回答我一件事，是因為我的關係嗎？」

「不是，這跟妳毫無關係。」

這原本是為了安慰她的話，聽起來卻無比冰冷，我感覺到話筒的另一頭凍結住了。

怎麼可能會沒關係呢，要是我當年沒有拋棄女兒，若是我沒有離開那個家，我現在應該會過著與今天完全不同的人生，但在那出口的話語的冷酷之中，也存在著另一種真實——我之所以拋家棄女，就是因為想過上自己的人生。出家也是。之所以捨下俗世，不是出於悔恨，而是為了活出自己，不是因為女兒。

忽然間，一種不太常聽過的機械聲響起，有什麼堅硬的物體抵上了我的頭。頭髮被拉起，我直覺睜開了眼睛，覆蓋在身上的白布上啪沙沙地掉落了一束又一束烏髮。理髮師開始用電動剃刀剃頭了。

之後我便一直睜著眼睛。一團團落下的髮絲看起來好像是什麼小動物。烏黑亮麗的頭髮一直使我自豪，回過神來，雙手竟已在白布底下緊握。梵唄聲與電動剃刀的聲音混在了一起，還夾雜著另一個聲音，是我姊姊的啜泣聲。

姊——，我不禁出聲責備。家人都會哭呀，都是這樣的——理髮師出言安慰。我想起了「落飾」這個詞。從以前到現在，有多少女人在身邊人的淚水與不捨之下落了髮呢？但是她們的心中風景，又有多少人想去懂得？

我再度闔上眼睛。理髮師放下了電動剃刀，在我頭上抹上刮鬍膏，開始改用剃刀刮剃。整顆頭輕了好多，涼颼颼，感覺好像脖子上面的不是自己的頭一樣。結束了——隨著理髮師話聲輕落，我睜開眼睛，散落一地的烏髮已經被掃除乾淨，兩束綁起的頭髮被放在了台上。

我姊已經哭腫了臉，不曉得從房間哪裡拿來了一個鏡台，我對著那有底座、大小剛好照得到脖子以上的鏡台看自己。推光的頭顱顯得有點青白，亮亮的，早已看慣了的那張臉好像是此生初見一樣在鏡中帶著好奇與幾分畏怯回望著我。我心想真是好孩子氣呀，比起少女，更像是少年的一張臉龐。我像是要確認那張臉是不是自己的一樣，把頭晃了一晃，又晃了一晃。變可愛了呢——姊姊說，恢復了她特有的溫柔。

「多謝您了。」

我朝理髮師雙手合十。

「恭喜您。」

理髮師回道。

教授阿闍梨回來，領著我去下一間房間。京都一家法衣店的老闆已經等在了那裡。在這間房裡，我不但要脫去和服與腰帶，連長襦袢與直到剛才穿戴的所有衣物都要褪下，換上法衣。法衣店老闆幫忙我一起著衣。這間房間裡有鏡子，我靜靜對著更衣後的自己觀察。與我從來對於尼僧的印象完全不同，鏡子裡的自己沒有絲毫女人味，依然像剛才一樣看似少年，充滿了一種清淨的質地。不曉得我以外的人所看見的，是不是也跟我一樣？

沿著長廊要回本堂時，迎面亮起了相機的閃光。明明小心別讓今天這個日子的消息外流，但聽說昨天深夜起便有媒體聚集在這家寺院周圍。一個當紅的女作家忽然要出家，社會對我湧起的興趣似乎超過了我所想像。我在閃光燈迎頭撲臉的照耀下，昂首踏出了一步，再一步。

沒有人真的想懂——心底再度湧上這份思緒。那想法令我孤獨，也同時令我強大。隨便大家想怎麼拍就拍吧，想猜就猜吧，我坦露僧形，於眾人的面前，也在其中感受到了當下這一刻自己已與旁人隔絕開來。或許這正是我所想望的吧。孤獨。沒有任何人、任何事所能侷限的自由。在出家人被約束的戒律與禁忌之中，或許我能首次嘗到真正的自由。

回到了本堂後，繼續未完的儀典。戒師賦予我袈裟與法名之後儀式結束，我從長內美晴，變成了「寂光」。

和由紀子一起鑽進了叫來寺院後門等著的計程車。

由紀子是從小到大的好友，我邀請來參加得度儀式的幾位友人之一。儀式之後，為了躲避媒體，決定去她的別墅躲一陣子。

「妳在笑什麼啊？」

由紀子問，她聽見我跟她說要出家時，哭得跟我姊今天一樣。

「剛出家就破了不能打誑語的戒了，那些人現在想必還守在那癡癡苦等吧？」

我們透露給守在寺院周邊媒體們的消息，是我在儀式結束後還會在寺裡住一陣子，記者們大概以為在寺院後頭房間裡準備好的賀宴還在繼續吧。

車子越過了一座山頭，進入了僻靜的溫泉鄉。聽說由紀子老公買下了一家這處溫泉鄉的廢業旅館，正在改裝成別墅。原來如此，躲在這裡，記者們的確不太可能馬上就找到。由紀子力勸我一定要找個地方躲起來的時候，我還笑她太誇張了呢，但從今天那混亂情況來看，真要感謝她的費心。

抵達別墅時，暮色正低掩了下來，我們下車，朝已經換上冬日景色的庭院走去。風兒吹得臉頰冰涼，我頭上包著黑布巾，忽然從樹蔭底下輕溜溜閃出了個人影。

白木。我告訴過他這個地方，因為想著該給他一處可以連絡的處所，但沒想到他會來。

「總算來了，我還以為妳今天不來了呢。」

「你一直在這兒等著啊？」

「沒有，我去了一趟町營溫泉。」

我向由紀子介紹了白木，只簡單說這人是白木篤郎。由紀子的眼睛睜得老大，不過沒多問，只說很冷吧，我們進去裡頭吧。她打開大門的鎖，請我們進去。由紀子的先生昨天也先跟她一起過來準備，但是今天一早就因為有事回東京了。我想他是貼心想要讓我可以放鬆休息吧。

我在玄關解開頭巾，白木迅速瞥了我一眼後便立刻撇開眼神。我們被帶到待客的榻榻米房去，房裡燃著清香，床之間⑬擺了鮮艷的紫色小菊花插在樸素的陶土瓶裡。我彎下身，在拿到矮桌旁的刺子繡坐墊上一坐了下來後，白木立刻一臉莫可奈何地抬頭望著我說——

「唔，該說些什麼呢……」

「恭喜吧？」

「恭喜嗎？嗳，也是啦——」

白木盤起腿來玩著他的襪子，玩著玩著，一隻腳上的襪子快被他弄掉，他好像注意到了，又拉了回來。那樣子，讓我想起了他第一次來我家的時候，那時候我們還沒發展成男女關係。那一天，要是我們兩個人講的話裡頭少了哪一句，又或者多了哪一句，後來的關係發展會不會就不一樣了呢？就像鬼腳圖一樣，一條筆直的線往前岔了一點點，又再岔開了一點點，我們人哪，是不是也把自己的人生交給了這樣的隨機？

由紀子端來茶跟茶點，說聲晚餐準備好了後，會再來叫我們，便把東西放著出去了。紙門再度掩上之後，我感覺跟白木兩個人在房間裡獨處很尷尬。

「沒料到你會來。」

一說，

「我也沒想到我會來啊。」

白木板著臉回。

「我家那個人叫我來的，說我應該來一趟。」

「你太太——？」

當下天旋地轉。

13 和室中擺設掛軸、插花等裝飾的內凹空間。

「她全……都知道嗎……？」

我是第一次這麼問白木。

「全什麼全？全部是什麼樣子，連我們自己搞不好都不知道了。」

白木打迷糊戰。

「如果什麼都不知道，怎麼會叫你來？」

「我不是說她不知道……，該怎麼說，我覺得她覺得她懂。不是說我們有沒有肉體關係那一類，那種事情對她來講不重要。應該這麼說吧，她能夠理解妳跟我在超乎那些之外的一些什麼。」

他那解釋，聽起來好像是想同時說給我跟此刻不在現場的他妻子聽一樣，或許他也這樣跟他妻子瞎掰過了——她對我來講不是有沒有發生肉體關係那種事的女人——他肯定也覺得自己講的是半分不假的真實吧。那套說詞，同時也是說給他自己聽的說詞。他怎麼會不明白呢？他愈是想要說服我、說服他妻子、說服他自己而講出了這樣一件他認定為是事實的詮述，他就愈是讓我跟他妻子絕望。

你去一趟吧。白木的妻子講這句話的時候，心內是怎麼樣的風景呢？她是怎麼聽說了我要出家的事呢？從週刊報導或是電視新聞還是白木自己告訴她的嗎？她安下了心，於是原諒了？還是她想要讓我知道，是她讓白木在我出家這一天來看我的？若是這樣，那麼此刻人在這裡的白木，又算是她捎來的什麼使者呢？

我長久以來都一直避免去想像關於她的事，然而此刻，她的身形彷彿就隱藏在白木身後隱約可見。我雖然對於自己至今為止所作所為心知肚明，但此刻為了她，我甚至有點憎惡起白木了。

「妳跟我家那個應該可以變成好朋友的，要是我們兩個不是這種關係的話。」

「是啊——」

我只能這麼回，白木似乎有點不滿，低頭老半晌之後，走向他摺起來放在角落裡的大衣，取出了一個不知道什麼東西回來。

「我幫妳算一下吧，今後的人生。」

撲克牌。是很罕見的圓形，看背面圖案跟配色大概是外國貨。粉撲盒造型的包裝與紙牌看起來都不大像新品，不曉得是他家裡原本就有的，還是他在來這兒的路上在什麼舊貨店裡找到的。來見出家的我，竟然還帶了這樣的東西來，這樣一個男人，真叫人心底疼惜的同時，也湧上了同等的悲戚，我不覺眼眶中差點滾上淚水。

「切牌吧。」

於是我像剛認識的第一天那樣，把牌切成了兩半。白木在矮桌上將撲克牌攤開排列，排到了第六張的時候忽然停住了手，一逕低頭盯著那些牌。接著又開始排起。一張、兩張、三張，他把第三張牌像扔的一樣扔了上去。牌偏離了牌列，他想將它排好，但是排牌的動作也粗魯得害旁邊那張牌也亂了。白木將手放在那牌上，又低頭猛瞪，接著氣得吼了一聲——「不算了不算了！」手勁粗魯地把桌上的牌攪得一團亂。

「怎麼了？出現什麼不好的牌嗎？」

「不是牌的問題，是我，我今天讀不出來！也沒心情讀！我一看見妳那顆頭……」

這時紙門打了開來，由紀子露出臉，說晚餐已經準備好了，在其他房間用餐。

白木道了聲謝，馬上站起。

我也慌慌張張跟在他身後出去，走到了走廊上，正要回頭拉上紙門時，瞥見幾張從桌上掉落在榻榻米上的牌，像是不該被人看見的髒污。

用完餐後，要回去各自房間時，已經過了晚上九點。

十點前，由紀子來說浴室已經沒人用了，我泡進了剛才白木所泡進的浴缸，回到走廊上時，瞥見方才去時隔著紙門看見裡頭燈還亮著的白木房間已經熄了燈。

我很清楚白木這個人入睡的速度有多快，但是今晚，我感覺他還醒著。可能想要早點睡，但是鑽進了棉被後怎麼樣也睡不著吧，搞不好還一直睜大了眼睛，瞪視著那一片黑暗？

這麼一想，換我睡不著了。明明緊繃了一整天，應該早已疲累不堪，但是過了半夜十二點、一點，眼睛還是睜得那麼大一顆。

一閉上眼睛，眼前浮現那被攪得亂七八糟的撲克牌。白木弄亂的手，說不玩了、不玩了的聲音。還有那之後，垂著眼一副落敗公雞的頹喪樣。

很奇怪，但我那時候心底想起了女兒。想起了我拋棄她時的情形。感覺上，好像我又拋下了一個人，跟那時候一樣，以一種無論如何無法挽回的做法。

我受不了，爬了起來，直接穿著睡衣，在頭上披上黑布巾便走出房間。我也不曉得自己到底想怎樣，就這樣輕輕拖著腳步走到了走廊上。

白木房間已經又再朦朦朧朧亮著燈，果然還沒睡。我沒招呼就直接拉開了他的紙門，白木正坐在棉被上，伸手要去拿放在枕邊的日式冷水壺上的水杯。

他像見了鬼一樣瞪大了眼睛直直瞪著我，我趕緊拿下黑布巾，但是露出來的光頭好像反而更把他嚇傻了。

「妳幹嘛啊！來幹嘛啊——！」

「我擔心你啊。」

「妳不能來呀！妳來了，妳出家有什麼用啊？」

看來白木好像誤以為我是來夜襲他的，但我根本沒那個打算。噢不……我有嗎？我心裡頭雖然沒有任何想跟他溫存的這一類念頭，但我若是因為還留戀著他而來，不等於是一樣的嗎？而且白木此刻正萬分恐慌在拒絕。

「我剛覺得你可能在哭啊……」

「我沒事——」

白木依然板著聲音。

「那就好，我回去囉。」

「妳回去比較好。」

我離開那房間。拉上了紙門，正要朝走廊踏出腳步時，知道燈在身後暗了。

筆子

「撲克牌呢？」

做著晚餐要吃的肉丸，一邊被狗纏著團團轉的時候，海里跑來廚房這麼問。最近她很迷撲克牌算命。

「不是在電視機旁邊的櫃子裡嗎？昨天還看妳拿出來用啊，會不會是拿到妳房間去了呢？」

「沒有，我沒拿，焰的房裡也沒有，也沒在電視機旁的櫃子裡，哪裡都找不到。」

我於是洗了把手，走去客廳，把可能丟著的地方都找了一下。搬來這調布市的獨棟住宅還不到一年，目前家裡還處在想找東西都還找得到的狀態。那副蒔子不曉得去哪裡弄來的撲克牌（拿來時，她順便教了海里怎麼自己算命）的確到處都找不到。

「沒有耶，抽屜裡還有別的，妳先用那些吧——」

這麼跟女兒說的時候，頓然想起今天早上篤郎出門前曾在客廳裡頭摸來摸去的。

「不是那副圓的就不行啦——！」

「為什麼不行？」

「因為我心魂放不進去啊，這樣算不準啦！」

這十二歲的女兒，什麼時候學會了「心魂」這說法？

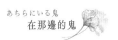

「妳每天有那麼多事情要用妳整副靈魂去算命哪？」

「就是有啊！」

海里噘著嘴頂回來。不過她看來不介意拿別的牌去算，我鬆了口氣。那副圓形牌大概是篤郎拿走了吧——為了幫長內美晴算命，又或者是幫他們兩個算算他們倆的未來？

彌惠與焰回來了。對算撲克牌還沒產生興趣的焰今年六歲，最近迷上了車站附近書局前擺的「扭蛋」。每天給她的十塊錢零用錢，幾乎全都當天就拿去轉扭蛋花完了。

「妳看——！」

她跑來跟我展示她今天的戰利品——一個黃色塑膠骷髏頭，紅色牙齒做成了可以喀答喀答動來動去的樣子。

「我可不可以把這個裝在老大的項圈上？」

「老大一定不會喜歡啦。」

焰也沒再跟我纏鬧，很乾脆就回去了她二樓房間。現在這個家裡，海里跟焰都有她們自己的房間，牆上有訂製棚架，焰把她那一大堆扭蛋戰利品都一個個展示在那裡。

「沒有賣蘑菇耶——」

換彌惠來報告了。她一定沒繞去超級市場，我心底嘀咕，不過回說沒有的話就算了。聽到這，彌惠也用鼻子哼著歌上了二樓——她也有她自己的房間——所以我便乾脆停下來歇一會兒。

想喝茶。不過喝茶照慣例就得喊彌惠一聲，所以改喝威士忌。想獨處一下，也想要喝點酒。篤郎白天也會喝酒，所以我也染上了這習慣。孩子們老早習慣大人們就是這樣的生物，不過這要是讓佐世保的爸媽知道了，他們大概連眼珠子都會掉下來吧。

我拿著加了冰塊的威士忌酒杯在飯廳椅子上坐下，家裡狗狗馬上就從客廳的海里身邊跑過來，大概誤以為有什麼東西可以吃吧。這隻可卡犬的名字，沿用了我們從小金井搬去櫻上水集合住宅時讓給鄰居的那隻虎斑貓名字——「老大」。孩子們當初搬來獨棟住宅的盛大期待之一，就是能養貓狗，我雖沒反對，也沒有太樂意。不是我討厭動物，也不是嫌照顧牠們麻煩（很明顯地小孩子的承諾無法當真），只是不想主動增加一個會讓自己擔心失去的對象而已。

一邊撫摸著前腳搭在我膝頭上的狗狗的頭，一邊點菸。以前只是像惡作劇一樣偶爾抽著好玩，最近已經戒不掉了。篤郎對於我這習慣雖然不像喝酒那樣歡迎，也沒多說什麼，畢竟他一定不想去思考，我為什麼會想抽菸。

吞雲吐霧地漠然環顧自己的家，這房子是秦先生幫我們設計的，當初篤郎只要求不要蓋成那種華美得嚇人的房子，所以外觀無趣到了極點，沒有凹凸的三層樓住宅，但是室內玄關與客廳都設計成挑高，客廳的客製固定層架上還雕了精細雕花，又吊了個鐵件水晶燈後，整個屋內讓人看了連自己都會稍微覺得羞，不過篤郎似乎很中意，秦先生很了解他的性格。

我則期望要有灰泥牆跟木地板，兩樣都被秦先生給否決了——那樣會變成山林小屋啦。結果現在，貼了壁紙的牆壁早被狗兒飛撲出了好幾塊要掉不掉的疙瘩，鋪上地毯的地板如果不勤快拿著吸塵器打掃，馬上就沾了一堆毛髮跟狗毛，可是這搞不好就是我們家的特色吧。總之，我依舊覺得自己好像待在什麼不對的地方過著日子一樣。

長內美晴不在這裡，她在這之外的地方。

今日，我也試著像平常那樣想。不過今天情況稍微有點不同，今天是她的出家日。篤郎告訴了我這事，不過我知道的也就只有這麼多了。得度儀式將在幾點、在哪裡舉行，我完全不曉得。現在是下午四點——結束了，還是接下來才正要開始呢？

我從沒參加過得度儀式，當然，從沒有過那種機會，也不知道那種儀式通常要花多少時間。關於得度式的模糊印象還是從古典故事裡面來的——《源氏物語》裡的女三宮跟浮舟，每個女人都為愛所疲憊，為了逃離愛，選擇了出家。裊裊飄著青煙的香、讀經、削斷了雙手合十的女人那一頭烏髮的剃刀。那個時代不用剃頭，頭髮會被削短至肩膀左右，稱為「尼削」，那副模樣與墨衣，已足夠叫光源氏淚流。

「長內美晴好像打算要出家……」

差不多正好是去年這時候，篤郎這麼說，在我們一家四口從日大的操場回來的路上。

「怎麼可能——？」

我稍微失笑，以為他在打什麼比喻或是開玩笑，實在是太唐突了。

「她是認真的。」

篤郎憤憤地回。

「為什麼……？」

「我怎麼知道，不過說出家也不是那麼容易就能出家，大概還沒完全決定吧……」

根本是在說給他自己聽。

之後篤郎就一直避免跟我提起長內美晴的事，他身邊依然有女人的影子，但那些都是篤郎刻意要透露給我知道的，無論是做玻璃的那個，還是其他女人。與此同時，長內美晴的身影逐漸在我心底泛漾擴大，因為我知道，篤郎正在避免跟我提到她。

於是這麼一整年間，長內美晴掠過心頭的次數愈來愈頻繁。比如說，篤郎在家裡難得陪孩子們玩的時候、在飯桌上跟我對飲威士忌的時候，又或者是他出門的夜晚——儘管那當下他可能就正跟長內美晴在一塊，我卻在心內想著，現在這一刻，長內美晴人在哪裡呢？在幹嘛呢？

我感覺或許我比篤郎更早知道長內美晴不只是說說而已，她是真的要出家。會知道得度儀式在哪一天舉行，也不是從篤郎口中，而是聽來家裡的一個編輯說起。噢，是噢——？篤郎的反應既像他事前知道，也像他事前不知道。那位編輯好像也沒意識到篤郎與長內美晴的關係，看見篤郎沒什麼反應的態度有點困惑。

那是差不多兩個月前的事了吧。之後篤郎更是避免碰觸這話題。自從聽編輯說了那日期後，我便感覺在這家裡頭時時刻刻都存在著長內美晴的影子。我眼睛隨時都飄向了月曆，心神不寧。還來得及吧？還能挽回些什麼吧？一回神，心底淨想著這些。我不希望長內美晴出家。

昨晚我開口——

「是明天吧？」

篤郎裝傻回我——「什麼？」

他大概沒料到我會主動提起這件事。

「你去一趟吧——」

「嗄——？」

看見篤郎驚訝的神情，我馬上就後悔了。我這是在向篤郎表示，我清清楚楚知道他跟長內美晴的事。

「明天會有一大堆電視台跟雜誌記者跑去吧，有個知心朋友在身邊，她也會比較安心，不是嗎？」

我慎重揀選說詞，企圖讓篤郎鬆下心房，他卻說——

「妳真的要我去嗎？妳沒關係嗎？」

我又再度講起模稜兩可的話——

「這種時候，有個像你這樣的人去，比較好啊。」

「唔——，是啊，大概吧——」

當晚我幫篤郎整理了在外過一晚的行囊，放進了他的小旅行包裡。他似乎已經知道該去哪裡，隔天一大早，連等海里上學也等不及似地出了門。我走了——。好，路上小心。我們比他向來出門旅行時更為疏離地交談了簡短幾句。

我喝乾威士忌。老大大概是認清沒什麼好料可吃的吧，回去了海里身邊。這點酒還不至於讓我醉，但或許是喝得比平時快，身體裡頭好像幽幽微微有點兒晃。

我不後悔要篤郎去看長內美晴。如果我是她，肯定會想要篤郎去。可是妳這樣想也很怪吧？妳又不是長內美晴——要是蒔子肯定會這樣講。

一回過神，正在想著撲克牌的事。現下這一刻，篤郎正在把那副牌排列在長內美晴面前嗎？落髮後的她面前嗎？還是儀式還沒有結束，那副牌還在篤郎的口袋裡？他會直凝視著長內美晴，偶爾去摸一摸口袋中的那副牌嗎？

最後我不得不承認我很氣，對於篤郎。要是他不把那副牌拿走，我就不用想這些了。

晚餐把冰箱裡的現成菜色隨便各拿了一點出來——加進肉丸的番茄濃湯、醃漬沙丁魚跟醬漬鹿尾菜，還有麻婆豆腐等等。篤郎不在時，我們就配合著小孩隨便吃，我幫孩子們添了飯，跟彌惠喝點啤酒。

「爸爸去哪裡了？」
焰問。
「去工作了，很遠的地方。」
我回答。
「蘇維埃嗎？」
「焰妳知道得好多喔，居然還知道蘇維埃。不過蘇維埃是更遠更遠的地方喔，爸爸明天就會回來了。」
「他去演講還什麼嗎？」
彌惠隨口問。
「是啊。」
我點點頭，感覺自己成天撒謊。不，感覺自己像個原本就愛說謊的人。
「生沙丁魚跟啤酒不太搭噢——」
我從冰箱裡拿出冷酒。彌惠也想喝，所以我從餐櫥裡拿出了兩個杯子。這些無疑是篤郎的女人所做的玻璃容器。如今已經在我們家餐櫥裡不斷增殖，連孩子們也都看慣了。我不由然覺得這種情況很惱人，不想喝冷酒了，但又不知道該對彌惠還有孩子們講什麼藉口混過去。

電話響起，彌惠去接。「篤郎先生打回來了——」，彌惠喊我，我嚇了一跳，好像自己剛剛在幹什麼虧心事一樣。

「妳在幹嘛啊——？」

接過了電話，篤郎的聲音聽起來很不悅。

「在吃飯啊。」

所以彌惠跟孩子們也在身邊——沒說出來的言外之意。

「不要讓彌惠接電話啦。」

「為什麼？」

「還要跟她解釋很煩哪。」

「沒事啦。」

篤郎默不作聲。

「結束了嗎？」

「結束了，現在剛回到盛岡。」

「在一起嗎？」

「當然是我自己一個人哪，她去住她朋友的別墅了。」

「這樣啊。」

「我訂了一間商務旅館的房間。」

那句話聽來有種莫名的刻意，也許是撒謊。這一尋思，反應漏了半拍。

「再來要去喝點小酒，可能會吃點拉麵再睡覺，我明天中午之前回去。」

他又說了根本完全不必要說的事。如果要說謊，還不如不要打回來，可是這個人還是要打，可見得不打他便受不了嗎？這比撒謊更令我心煩。

那我掛了——他要切斷電話前，我下意識喊了他，「等一下——」。

「撲克牌你拿走了嗎？」

「什麼——？」

「圓形的那副撲克牌。你拿走了嗎？海里在找。」

「我拿那幹嘛啊——？」

電話喀嚓一聲掛斷。我後悔自己幹嘛問，難道我以為篤郎會跟我說實話嗎？

「爸爸說什麼？他拿走撲克牌了嗎？」

回到餐桌時海里這麼問。

「沒有耶，他說他不知道。我們等一下再找一下吧。」

我說。

隔天彌惠出門買東西時，我更衣稍微打扮了一下。

去篤郎書房，拿了兩三張二百字的稿紙，裝進了褐色信封袋拿到樓下。

「妳回來啦？我出去一下。」

我跟剛回家的彌惠這麼說。

「咦，妳要去哪裡啊？」

我把褐色信封袋拿給她看。

「秦先生打了電話來，說有些文件漏了，我現在得馬上拿去給他，中午前就會回來。」

「好吧——，可是篤郎先生回來後會不會唸哪……」

「他要是比我早回來，妳就先倒杯威士忌，然後把昨天那些生漬沙丁魚夾一些給他。」

彌惠還在碎碎唸，我說麻煩妳了，便結束談話走出了家門。平時就算彌惠在，我也罕得出門，頂多只是到附近去買東西，尤其是篤郎在家的時候，或是像今天這樣知道他晚點會回來的話，我是決計不會出門的。今天對我來講，是個特別的日子。

秦建設公司位於中野。我跟彌惠說有什麼文件要拿去給他什麼的是假的，但我是真的要去秦先生那邊。我從調布車站前打了電話，秦先生接起，我告訴他有事想跟他商量，現在想過去一趟。怎麼了嗎？白木老師怎麼了嗎？秦先生聽來很擔心，我說不是，是我個人有事想找他商量。OK！笙子小姐想商量什麼都大大歡迎哪——！秦先生最後誇張地這麼說，不過聲音聽起來依然有點困惑。他每次喝醉時都會跟我開玩笑——跟我睡一次嘛，一次就好了，給妳一百萬啦！這樣子鬧。當然，一定是篤郎在旁邊的時候才會講，算是一種口頭上的暗捧，不過我的確注意到了秦先生對我有意思。

秦建設公司是棟兩層樓建築，從室外梯可以直達秦先生的辦公室。我知道這件事，所以沒從一樓正面玄關進去，直接去了他辦公室。

「怎麼啦——？」

秦先生從請我入內後就一直皺著眉頭，也就是說，覺得我為什麼刻意避開搬家時認識的那些秦建設的員工，直接走外頭樓梯上去。

我沒說話，把褐色信封袋遞了過去。秦先生打開來，翻著什麼也沒寫的稿紙，臉色愈來愈疑惑。

「這是什麼？」

「我跟彌惠撒了謊跑出來的。」

今天來這兒表面上是要把文件拿來給您，我說，又加了一句，今天可以一個人出門，是因為篤郎不在家。

「原來如此，沒問題啊，您想商量什麼都可以。怎麼啦，到底發生了什麼事啊？」

「我其實沒有什麼事要找您商量，是有事想拜託您。」

我說。

我坐上秦先生車子的副駕駛座，跟他公司的員工誆稱他要帶我去新宿的展示間，其實我們真正的目的地是新大久保那邊的小旅社。

秦先生答應了我的無理請託，不是出於他個人的欲求，而是他天性中那份溫柔使然。他也沒多問我什麼。充滿濕氣的走廊、綻了線的老舊榻榻米、漂著一股詭異藥水氣味的棉被、端茶來的旅社老嫗，一切的一切，彷彿都是為了讓人頹喪而特意準備似的這個空間裡，我與秦先生背對著背，褪去了衣物，在棉被上交纏。不過性事沒有完成，因為秦先生無論如何就是不大順利。

「我這個人居然這麼沒膽哪……」

秦先生終於放棄了，在棉被上盤起了腿嘆氣說。

「真是對不起，要是您不是白木老師的太太，我做上一整天、做個幾十回合也不成問題……」

「我才真的很抱歉，真的很謝謝您願意接受我的請託……」

我穿上衣服。其實應該要道歉的人是我，我不過是利用了他而已。秦先生的心情，我根本連一毫米也沒想過。比起跟丈夫之外的人發生肌膚之親，我對於自己能夠如此自私，感到一種厭惡，甚至可以說是心死。

秦先生問我要不要上哪兒去喝杯酒或茶，我拒絕了他的好意，於是他送我去新宿車站。

在車內，他雖然沒有發揮平時那種饒舌天賦，卻在快接近車站時輕聲說——

「今天的事，我絕不會跟任何人講的。」

「您不用這樣承諾。」

我說。

「雖然不知道發生了些什麼……」

停了半晌，秦先生又語帶顧慮——

「但是您不是因為想跟白木老師說才刻意這樣的吧？如果可以的話，我希望這件事可以瞞著他。」

「我當然不會說。」

我果決應諾。但當然，我對於自己是一個什麼樣的空口說白話的大爛人，那一刻已經有了自覺。

京王線在隧道內穿行，直到初台站，在幡幡谷出了隧道。

午前十一點的陽光灑遍了車廂裡頭，我感受到一種對自己全然的絕望。

什麼也沒變——儘管我造成了秦先生那麼困擾，電車依然一如尋常，駛向家裡的方向，再這麼下去，我只能回家。

「喂——！」

在調布車站月台正要走下廣場時，聽見了喊聲。一驚，回頭一看，篤郎正提著旅行袋往我走來。

「我們搭了同一班車嗎？」

「妳去了哪裡？」

「秦先生那裡。」

「秦先生？為什麼？」

「有些文件要給他。」

「文件？」

我們穿過票閘口，走在通往車站外的階梯上。我一直等，等著篤郎追問——什麼文件？現在了，還有什麼文件要給他？接著我會無從回答，無法隨口矇混，只能坦白說我跟秦先生睡了。

但我們只是沉默著走完了階梯，踏上回家的路。我不覺得篤郎是遲鈍，或者他完完全全毫無保留相信我，篤郎對於這種事是非常之敏感的。或許他並沒有想到我會跟秦先生做到那一步，只是出於直覺，覺得別去管這件事比較好。如果問了，他或許會失去我。那或許是一種無意識的覺察吧。對於篤郎來說，他就是那麼需要我，就像我必須跟秦先生上床才有辦法撐過一樣，我亦如此需要篤郎。

「吃過午飯了沒？」

之後他開口說的是這樣一句話。還沒，我回答。

「要不要在這附近吃點鰻魚飯再回去？」

「這附近有什麼好吃的店嗎？」

「是噢，可能沒有。不然我們去吃冰淇淋吧——」

篤郎只是口頭上說說，我們也沒去找什麼像樣的店家，只是繼續走著。我忽然醒悟了——我跟秦先生上床，是因為我想做點像長內美晴出家那樣子的事。我不是不想要長內美晴出家，我是羨慕她。

CHAPTER 6

／

1978～1988

寂光

「啊——！長內寂光！」

從飯店大廳走出大門時，忽地身後有人這麼叫了一聲。沒回頭，但是年輕門僮快速瞥了我一眼又趕緊轉過頭去。

僧人打扮在大都會裡很顯眼，加上出家後，比以前更常被找去上電視跟出現在雜誌上，有時候會被當成什麼罕見動物一樣對待。現在已經習慣了，就算有人突然冒失亂喊，頭也不動一下。

上了計程車後，跟司機說聲「請先到調布」，告訴他下了高速公路後會再跟他說怎麼走，手上拿著抄了昨天白木告訴我怎麼走的小抄。

今天接下來要去白木家晚餐。白木邀約——妳哪天應該來我家吃頓飯哪。好啊好啊——總是說，但心裡頭想這應該不可能實現吧。沒想到一講再講之後，竟然乾脆俐落地就決定了今天這個日子。白木邀我去的口氣裡有種莫名好像在試探我的意味，不去就太丟人了。就這樣，連我自己也不曉得自己到底想去不想去，人已經在往他家的方向前進。

「呃——，看到了D大學後，麻煩您往右轉。」

我告訴司機。紙條上寫了好幾個要轉彎的標註，白木告訴我怎麼到他家的時候口氣非常明確，沒有半分遲疑。這個男人啊，連踩踏在第一次造訪的土地上時，也能像回到家鄉一樣行走自若，要跟我說怎麼去他家這種小事，當然說得流利了。心裡頭一想，不覺有點落寞。白木的家，白木的家族。任何時候，他總會回去的那個地方。在冰店前左轉，下坡後看見布施乾洗店時在第一個轉角右轉——這些細節，白木都已經認為沒任何必要再對我隱瞞了，他告訴我的時候毫不躊躇。

看見了一棟像是他說的那幢房子，下了計程車。紅磚牆圍起的狹小庭院前方，坐落著一棟外牆沒有任何凹凸的三層樓建築。很平哪，像是火柴盒一樣的住宅——想起了他那樣子告訴我時的口氣，聽起來像連他自己也不太確定那樣講是謙遜，還是自豪的口氣。的確是棟簡簡單單沒有多餘贅飾的建築，但不知道為什麼，有哪裡不太自然，是因為那是白木的家，我才有這樣的感受嗎？在看起來像是訂做的門牌上，單刻了「白木」兩個字。我按下旁邊電鈴。

走道底的玄關門打了開來，穿著拖鞋的白木探出頭來。噢——！妳來啦！請進請進！他大聲吆喝著我進門，聲音有點拔高。你好啊。我試圖揚起嘴角，發現自己根本也很緊張。直到剛才都還覺得自己來這兒是正確的，我的出家，要到了來白木家拜訪才算完整，可是此刻我後悔了，為什麼要跑來這兒呢？那扇門的後面，有白木太太呀。

來不及逃了。我把微笑貼上臉，走向前。剛才很順利就找到了嗎？哇，妳這副模樣實在威嚇四方哪，計程車司機應該被妳嚇傻了吧？白木高聲一句接著一句，講著一些可講可不講的招呼，邊請我進門。一進去，白木的太太與女兒已等在那邊。

「初次見面……您們好，我是長內寂光，來叨擾了。」

「歡迎歡迎！您好，我是白木的太太。」

白木太太面帶微笑，頭髮盤起，穿著和服。暗色粗條紋的紬衣⑭搭配了一條色塊大膽的名古屋腰帶。一看，就知道是個善穿和服的人，和服搭配得遠比家中設計洗練。而且她很美。常聽白木跟編輯提起她是個美人，親眼一見，的確比我想的更清麗。

他們帶我進去跟飯廳連結在一起的客廳。

「喝點什麼？威士忌？日本酒？我家也有自己釀的梅酒喔，很好喝喔。」

白木依然一個勁地連珠砲不停問，我說梅酒吧，他站起身，去了飯廳，好像親自幫我倒了杯梅酒回來。

「我平常不自己倒的耶，今天破例。」

白木說。

「真的很難得呢。」

正在準備飯菜的白木太太也幫腔，我忽然覺得有點想笑，每個人都好像在說著事先

14 有別於織好後再染色的和服，以事先染好色的線織就，是一種能展現個人風格的日常和服。

準備好的台詞一樣。

客廳天花挑高，垂著一只精心設計的鐵件吊燈，壁面訂製的櫃架門上也雕著花，看得出來室內大概是聽從建築師講什麼就做什麼，花了比外觀更多的錢吧。可惜沒帶來太高雅的效果，反而有點刻意。白木的小說不是很暢銷，但他還是一直寫、一直寫，寫出了這樣一個家，我暗忖。

屋內四處堆疊著書本雜誌與充滿了生活感的各種雜物，像灰塵撲來疊去。看得出來事前為了迎接客人曾經整理一番，不過還是這個情況，可見得平時的雜亂。白木太太大概不擅長整理，不然就是不在乎吧，事實上可能也心有餘而力不足，她除了要照顧白木與兩個女兒外，好像還得幫忙謄寫稿子，聽說幫傭的那個女孩也在幾年前結婚辭職了。

鋼琴是誰在彈呢？琴蓋上，放著織到一半的藍毛線。地板上直接擺著個大缽，缽裡放著成捆的信件、明信片，另外還有三副各掛了不同鑰匙圈的腳踏車鑰匙。三個鑰匙圈分別是三色線編成的、絨毛玩具兔、迷你威士忌酒瓶。哪一個是白木的呢？哪兩個又是女孩們的？我感覺自己像被關進了一個結構完全不同的大氣之中。白木的生活，白木與他家人的生活，他正在展示給我看。絲毫不覺得害臊嗎？又或者，他覺得配合了我這個人模樣剛好？

「很不錯的房子呢，很有你的風格。」

我說，其實也不曉得該說什麼好。白木撇撇嘴，不曉得該回答什麼的模樣。

「要不要去看一下我的書房？」

他好像想到了什麼好主意似的。好啊，我想看。幾乎就在我回答的同一個時間，白木太太也出聲了──「飯準備好囉」。

我不曉得她有沒有聽到我們的對話，可是那時間點之巧，或說不巧，讓白木明顯動搖。結果我們沒有去參觀他書房，反而在飯廳的椅子上坐了下來。

隔著兩張厚重的木桌相連成的餐桌，我跟白木面對面入座，他兩個女兒坐在旁邊，白木太太則坐在離廚房最近的最後面的座位。晚安。剛在玄關打過了招呼的兩個女兒再度害羞跟我問好。長女今年高二了，次女則是小學五年級，兩人感覺都長得比較像父親而不是母親。唔，不，或許也不是這樣，兩個女孩子都臉瘦瘦的，很溫柔的長相，手長腳長，可能遺傳自母親吧。不過白木太太還是美得特別出眾，我記得她的確小我八歲，所以今年應該是四十七、八了，但她的美，竟然比正值青春年華的長女更嬌麗，像是要透出水來。

白木太太的確很會做菜，白木的吹噓其來有自。昆布包漬馬頭魚、中華馬珂蛤貝柱、沙鮻等等擺成了華美一盤生魚片、烤過的馬頭魚骨熬成了湯底煮成湯品、蜂斗菜與豬牙花炸成了天婦羅等等擺滿一桌，又善用古董入餐具，出色高明，在在都讓人覺得這些一定是她的拿手好藝。

「要招待妳這種一天到晚吃美食的人哪，妳都不知道她花了多少心思，苦想了半天，想說不知道該端出什麼菜色招待妳哪——」

白木說，口氣聽起來十足十的自豪。

「今天主菜是一口吃水餃，這個人從水餃皮開始揉起的，很好吃哦——」

「好不容易長內老師要來，我說真的要端出水餃嗎……」

白木太太苦笑。聲音好沉定又好平穩的一個人哪，微微笑起來更是清麗。

「好久沒吃過連皮都自己揉的水餃了，我都已經食指大動了呢。」

我說。

「您以前曾經在北京待過吧？不曉得我做的，合不合真正吃過道地口味的人的嘴巴呢……」

「長崎有家賣一口吃水餃的店，那裡的水餃啊真是一絕，我們特地請店家教我們做的。我家的，好吃喔～」

白木興致高昂地誇口，讓她吃了才知道！快拿出來、快拿出來！白木太太聽了，起身去準備。

我跟白木還有他女兒一起被留在了餐桌前，忽然覺得好尷尬，真是寧願被留下來的人是白木太太跟我。我只好無奈地拚命找話題跟白木還有他兩位千金聊，一邊努力扒著一桌好菜。

「妳今天的胃口真好啊……」

白木困惑的聲音將我拉回了現實，一抬眼，望見他女兒也正在苦笑。

「妳把我們全家人的份都吃光了——」

我還以為擺在眼前的那盤生魚片，統統都是我一個人的，已經全部扒光了。他這一說，我一瞧，的確那種盤子在整個餐桌上就只有一份。那一盤原本打算讓五個人均分的生魚片，全讓我一個人給吃光了！

「我平常就說了呀，我們家的菜份量太少了啦——！」

剛好白木太太端著水餃過來，長女這樣跟她抱怨。我這一失態，似乎讓她終於卸下了緊張的心情。咦……真的耶……，白木太太有點老實怔愣地回答，引得兩個女兒咯咯笑了。白木笑了，我也笑了，白木太太也跟著我們笑了。

出家已過五個年頭。

我在京都嵯峨野結庵，過著勤行精進，同時寫小說、出門演講的日子。

並不是事先決定要這麼做而變成了這樣，只是順勢而為之就變成了這樣。原本想，不管我個人的意欲或者能力，又或是對我的需求來說，今後恐怕會慢慢停筆不寫了。若是如此，那也沒辦法。沒想到邀約持續不斷，我決定能接就接、能寫就寫，結果工作量反而變得比以前還多。這最終，需要耗費更甚於好幾倍的精力與體力，但似乎那時候我還應付得來。

跟白木的事也沒什麼打算。在我出家，進而造成我們的男女關係結束之後——正確來說，是在由紀子的別墅那一夜之後，我倆的關係究竟會走向何方？從此不再相見？又或者維持著某種連結？這種事我也覺得會怎樣就怎樣吧，順其自然，這要看白木的態度，而不是由我來決定。

結果到了現在，我們還有連繫。白木依然會像以前那樣來找我，甚至以頻度而言比以前更為頻繁。我們雖然不會再像從前那樣單獨出遊、睡在同一間房裡，但少了的部分由語言來填滿。我再度意識到了從前還是男女關係時，有多少話沒能說出口。但現在不管白木或我，我們想說就說，用什麼字眼、講什麼話題全都沒避諱。白木也常跑來我在嵯峨野的草庵找我，我們會出外用餐，回來後繼續喝酒，之後白木會睡在客房，隔天再回去。

我老婆早就認可我跟妳碰面這件事啦——白木說。言外之意是，他其他那些不受到認可的，全都另外碰面囉。白木會告訴我，哪裡的哪個女人說了這般的話、做了這般的事，雖沒明說是他上了床的女人，但顯然就是那麼一回事。他會一邊表現得好像要刻意跟我隱瞞女性關係，實則透露自豪。有時候，也有點像是在藉由我的反應去衡量他那些女人的價值。

當初我要搬來嵯峨野草庵時，跟白木說我那些家具不曉得該怎麼處分，白木說，那妳的床給我好了。他當初蓋房子時急就章買的那張床如今愈看愈廉價，睡起來也不舒服，他說。那張床，曾經也是我與白木共眠的床。我是不曉得他心底是怎麼想啦，但要拒絕也很麻煩，便讓給了他。白木家的臥室裡原本放了兩張加大的單人床，白木把他那一張換成了我給他的那一張。

妳給我的那張床啊真有意思，有一次白木這麼聊起。那一天我們像平時一樣出門吃飯後回去草庵，正在小酌。可能之前先去了一趟茶屋玩吧，白木喝得比平常醉，心情也有點嗨——那張床啊，每次我跟我老婆辦事時就會一直唧咿——唧咿——地叫。白木嘿嘿笑，我回說，那可不是我哦，是別的女人的魂魄在哀嚎啦。是嗎？白木覷著我瞧。我想那大概就是他的方式吧。他是那樣子去習慣我的尼姑模樣，重新去建立起與我的關係。

出家第三年，蜘蛛膜下腔出血。那時候二月，在寒冷的本堂讀經時忽然就昏倒了，幸好被發現得早，症狀還算輕微，左半身倒是麻痺了一陣子。這事我沒對外透露，也瞞住了編輯，停下工作，乖乖在尼姑庵裡關了半年。

不過告訴了白木。他在春天時來到嵯峨野探我。我倆走在大堰川成排盛開的櫻花樹下，我已經恢復得差不多可以像平時一樣走路了，但向來健步如飛的白木那天刻意放慢腳步。

「妳就是像瘋子一樣工作過了頭了，妳現在真的會爆頭而亡啊妳——！」

白木很不開心。

「那就那——吧——」

白木聽了一臉不舒服，揪著我臉瞧。

「我剛口吃了嗎？」

「唔，一點點。別人大概聽不太出來，但我知道。」

接著把手放在我頭上。

「治得好嗎？很快就會好嗎？」

「醫生是這麼說……」

「頭壞了，小說家的人生就完囉——」

白木摸著我的頭，像是連他自己也沒有意識到般的摸法。他掌心的溫度——讓我回想起了這男人總是手腳溫熱——穿透了我剃髮的頭皮，直直滲透進了體內一樣。迎面而來一位年輕女子一臉訝異地望著我們，一個男人摸著一個尼姑的頭，這樣子走路肯定看起來很詭異吧？

「要是治不好怎麼辦？就算治好了，又發作的話，搞不好會更嚴重……」

我踩在泥土上的花瓣上，帶著幾分撒嬌的心情說。

「那樣的話，我會想辦法。」

「想什麼辦法？」

「我會殺了妳。」

那已經是三年前的事了呢——我在心內想著。出家第三年的時候。那時候，我完全以為自己跟白木之間只存在友情——我們男女之間的感情已經完完全全進化為友誼。可如今過了三年，再去細想，那時候那撫摸我頭的觸感、白木那句「我會殺了妳」的聲響、聽見時我心口的鼓動，無一不喚醒了某種近似於性愛的回憶。

啊——原來如此啊，如今這一刻也是——。被邀請來白木家晚餐、與他家人共同歡笑、他在家人面前對我使用敬語、那說話方式之不習慣、不自然——這些，再過個兩年、三年，我可能也會想起，啊——那時候，白木與我之間依然還有一點男人與女人的關係呢。愛，又或者我們確信為如此的存在，也許我們只能這樣失去，又或如此忘卻。

站在電話機前，遲疑了很久。

接著我猛地鼓足勇氣，伸手拿起了話筒。我去白木家吃晚餐已經是三個多月前的事了，可以說我在那之後就一直考量著要打這通電話。

「喂，您好，這裡是白木家。」

白木太太接起電話。下午兩點——我刻意挑了這個白木跟他女兒都不太可能接起電話的時間，因為我知道白木今天下午兩點有一場文藝雜誌的新人獎評選會，應該已經出門去出版社了。

「喂……，您好，我是長內寂光。」

「啊——，您好您好。」

之前我當然也曾像這樣跟白木的太太在電話裡講過話，出家之後，就不再像以前那樣要顧忌不能打電話去白木家，不過每次電話裡頭，都只簡單寒暄幾句之後，電話就被轉給白木了。先前去她家叨擾用餐，回來後，馬上寫了明信片去致謝，她也很親切地寫了非常客氣的回函過來，所以我今天打去，她大概一心以為我是要找白木吧，跟我說他出門了，很晚才會回來。

「不是的，我今天是專程打給妳的。笙子，我有事想請教妳。」

這是我頭一次不喊她「白木太太」，而喊她「笙子」。打這通電話之前，我就已經這樣決定好了，而且真的喊了出來了。這一喊，就覺得自己已經完美滿足了我打這通電話的目的。

「是，什麼事呢？」

大約是聽我這麼喊，她稍微起了戒心。

「之前我去妳家打擾時吃的那水餃……」

「咦——？」

「那水餃實在太好吃了，我想自己也做做看，想請妳教我那個皮怎麼做。」

「噢——，水餃啊……」

電話那頭傳來輕淺的笑聲，引得我也笑了。想方設法想破了頭皮，沒想到，想到的打電話的藉口居然是水餃皮的做法……。

白木太太立刻教我怎麼做。粉水的比例、揉完後要發酵幾分鐘、大約要揉到什麼程度。我拿筆抄寫下來，但是腦袋瓜子裡想的，完全是這些抄完了之後，我要跟她說些什麼。

好想再跟她多聊一會兒，好想告訴她，我覺得她如此充滿了魅力。白木與我有男女關係的那七年，同時也是她與白木的七年。這麼理所當然的事實，卻讓我感覺好像被什麼熱水啊、蜜糖呀淋上了身一樣，好想嘩啊——一聲叫出來。我可以老老實實告白，我所感受到的，並不是一種罪惡感，而是一種其他的情緒。我就是想跟她像這樣子講話，來對自己說明這些。

「對了，你們下一次去仙台時，我也會一起去噢——」白木的太太說。

接下來，我會以白木在去年所創辦的一所文學學苑的客座講師身份去一趟仙台。

「妳也會去嗎，笙子？」

喊得比剛才更自然了呢——我邊說邊想。

「是啊，前一陣子幫忙學校事務的那些人來了家裡，說大家好像都很緊張。因為妳要大駕光臨嘛，再加上白木那個人那麼任性，所以大家希望我也跟著去……」

「太期待了！我好高興妳也會一起來呢！」

我打從心底說。雖然我到時候一定會很緊張吧，不過比起緊張，我更引頸翹盼。

「太好了，聽見妳這麼講……，到時候再麻煩妳了。」

電話差不多就講到了這裡。最終我只不過是問了水餃皮怎麼做而已，卻感覺心裡頭什麼事情都傾訴了出來一樣，心滿意足。

據白木寫給雜誌刊登的那篇「意向書」所說，他創辦的文學學苑「文學水軍」不但是一所教導小說寫作的學苑，更是白木提供他所思考的「身而為人的正確活法」等相關指南的空間。第一間在他的故鄉佐世保創辦，之後情況逐漸演變成了白木一整年都要在日本全國各地奔波。

原本白木就是個嚮往成為革命家的男人。他心中對於這世間、對於人生的現實，絕對有他不滿的地方。而且如果知道白木這個人，絕對會知道他是個擁有組織欲望的男人。

他一開始告訴我這構想時，我是反對的，結果他雖然最後願意領取講師費，但付出的更多。就別說是錢了，我覺得他花在那上面的時間還不如拿去寫小說，更能夠改變現實社會。但在電話裡頭吵也跟他吵了，他還是不聽勸。

「你想做就去做，你能怎麼做就怎麼做罷。」

最後我撂了這麼一句，接著不小心說了一句應該關在嘴巴裡的事。

「但有一件事，你要答應我，你絕絕對對不可以對女學生出手。你要是那麼做了，你就完了。」

「我怎麼可能會對女學生出手！妳別講那麼莫名其妙的話好不好！」

白木忿忿地回。那一刻，我也覺得自己真是說了不必要的話了，畢竟白木想要創辦文學學苑，自然是出於他對於文學的真誠，對生存這事的較真，怎麼可能會在那種地方找女人呢？白木再怎麼離譜，也決計不會做出那樣的事吧？

但我想我是太信任他了——又或者說，太小看他了。這件事我是到了仙台後才知道。我在向活動會館借來上課的課堂上還沒注意到，但下了課後，跟白木在學生們包圍下喝酒聚餐時，就見識到了有幾個女人的行為舉止很是古怪。

聽說那是第二次在仙台舉辦。有一個從上一次就來參加的女人跟另一個特地從外地來的女人行為舉止特別怪異，那兩個人在聚餐時，不是黏著白木，而是像競賽般黏在笙子身邊，一副好像很讚嘆笙子美貌般不停說些「白木老師只聽師母的話呢」、「師母妳在啊，老師都表現得跟平常不太一樣了」之類的，向白木展現她們自己的存在。

我一開始也以為大概是什麼不懂世事的女人被白木的花言巧語給蠱惑了吧，但當晚回到了仙台的旅館房間後，不多久就聽見了敲門聲。打開一看，其中一個女人就正站在我門口。

她什麼都還沒說就已經泫然欲泣，我心裡頭一邊覺得厭氣，一邊請她進房。有太多人看我外表這副模樣、講話這種風格，就誤以為我活該當別人的心靈導師。

「您可能會看不起我，可是我跟白木老師做了男女之間的那種事。」

女人一在沙發上坐下來，喝了我用紅茶包泡的茶，稍微鎮定了下來後，一開口果然就說這個！她一定沒料到，我跟白木以前其實也是「做男女之間那種事」的關係吧？而且她還以為，跟一個尼姑不管坦承什麼，都應該會得到原諒？我說噢，是噢，這樣呀，然後呢？

「白木老師是個性慾很強的男人，他晚上自己一個人絕對睡不著，他很直接這樣跟我講了。所以他每次在全國各地『文學水軍』看見了什麼中意的女性，就會主動去找她們聊天，白木老師又是那麼樣有魅力的人，大家都會覺得，教室裡頭那麼多個女人，就只有自己被看上，歡喜都來不及了，沒有人會拒絕的，但是這樣一來，學校會出亂子的……。有些人真以為自己跟白木老師是什麼特別的關係，這種人要是亂胡來，老師名聲很快就會受損了，所以我決定要自我犧牲……。」

這個女人的確是從外地——應該是九州吧，特地跑來仙台。年紀大約四十歲，不算是什麼美女，但豐滿的身形配上稚氣的臉孔，的確是白木會喜歡的類型。

「犧牲？」

「也就是讓我自己一個人來滿足白木老師的需求。只要我在，老師就不會對別的女人出手了，所以我這次也來了。」

「原來如此，那妳又有什麼事要哭成這樣呢？」

一問，那女人又哭了。她大概以為我會更柔聲安慰她吧？我希望她趕緊出去，愈快愈好，我感覺我房間裡的空氣都開始混濁了。

「我根本不知道師母這一次也會來。一看見了她，心裡抱歉得不得了。一想到她這一刻就正待在老師的身邊什麼也不知道，就煩亂得整顆心亂糟糟，我想我是不是應該把自己跟老師的這一切，都跟師母坦白……」

女人心真是簡單得不得了，換句話說，這個女人發現了似乎有其他也跟白木有男女關係的女人也來了仙台，大受打擊之下，把這份衝擊轉換成了對白木妻子的罪惡感。然後她以為呢，她能聽見我說什麼好聽話嗎？

「妳少犯蠢了！」

我直白說。可以的話，真想打這女人一巴掌。

「妳告訴白木太太，妳以為事情會變得怎麼樣呢？不過是讓她覺得不舒服而已。妳要是真覺得抱歉，就別再跟白木上床了，這妳自己可以決定，總之，妳不要講什麼犧牲有的沒的無聊死人的藉口！」

我把這被我的口氣嚇得連個屁都不敢吭的女人趕了出去，那晚遲遲無法入眠。實在是太氣了。那麼無聊的女人，白木怎麼會看上眼呢？跟那種無聊女人睡覺的男人，我又為什麼愛過？那樣的男人，白木的太太為什麼還一直不跟他分手？

隔天行程，預計跟學生們一起用過午飯後再離開。

早上下樓去喝咖啡時，看見餐廳玻璃牆另一頭，白木妻子正被學生們團團圍著。他們正要走，一發現我，圍了過來。我刻意選了個離白木妻子的桌位遠一點的位子坐下，以免他們再去打擾她。這群人說他們今天各自有事，早上就得先走，昨天喝多了，大家無緣無故就各自解散了，所以今天早上再來打聲招呼。

「白木老師好像在他自己房裡喝水休息，說他昨天喝太多了，所以我們來跟師母道別。」

昨晚來我房裡找我的那個女人也在這群成員當中。她站在後方，一臉沒事人的樣子，但是至少不敢再來多講什麼。昨晚她應該乖乖回去她房間了，今天早上，這麼多人的面前，總不至於敢跟白木的妻子亂講什麼吧？若是這樣就好，我心想，陪他們聊了一會兒。

文學學苑一定會出現這樣子的時間，像昨天的餐敘也是。白木到底有沒有辦法把他想要傳達出去的理念，確確實實傳達給這些將小說家看成了電影明星，還是流行歌手一樣，好像只要稍微縮短了一點距離便感到無上喜悅的人？不過，我也有點覺得學員們的這種態度，其實也是回應了白木舉止的結果而已。

之後學員們都離開了餐廳，我起身去提供自助餐的早餐處拿咖啡，接著想走去白木妻子坐的那一桌，跟她打個招呼。

白木妻子正面朝窗戶方向坐著，指尖夾著一根菸。她該不會沒注意到我人也在餐廳裡吧？還是剛才在等待學員們離開時，等啊等，不小心就忘了我的存在？

我靜靜走回了自己的桌子。不知為何，有點不大好意思去打擾她。從我的位置可以看到白木的妻子，她仍舊望向窗外。清瘦端正的側臉，好像正在凝視什麼，又好似什麼也沒看進眼底。

她身旁肯定沒有白木、沒有我、沒有一對女兒，也沒有「文學水軍」那些成員的存在吧。原來這種時刻，這個人是這樣的表情哪——，我心想。

笙子

「叫做〈聚伙〉。」

篤郎吐露。午夜十二點多，我們對坐在餐桌前喝著威士忌。剛還放了凱斯傑瑞特⑮的唱片來聽，唱針停了後，就一直沒去動它。

「聚伙？」

悶熱了起來，我起身去開窗。九月中了，剛放唱片時開了冷氣，中途覺得冷，便關了。焰在她自己二樓的房間，海里出門了還沒回來，大概是跟男朋友在一起吧。早前幾年海里十八、九歲的時候，我們夫妻倆也常像這樣一邊喝酒，篤郎一邊惱悶地給女兒等門。等到海里半夜兩三點醉醺醺回來後，父女就大吵一架。不過現在兩個女兒就算大清早才回來，篤郎也已經不會怎麼樣了，他只會一臉「哼！」的表情。都忘了什麼時候，他有一次宣布「我不管妳們了，以後妳們在外面幹嘛，我都不要氣死自己了」，聽得海里與焰一臉憎煩面面相覷。現在海里已經二十七歲，焰也已經二十一歲了。

「海里的小說啊，篇名叫做〈聚伙〉，還算不壞啦。」

「你讀啦？」

「讀是沒有讀，不過她那些同人誌不是都隨便丟在她桌上嗎，我就隨手翻了一下。就她那篇小說名字取得最好，不過也才差不多二十頁的短篇而已啦。」

「要是被她發現你亂進她房間，她會發脾氣的。」

而且你不只是隨手翻翻，你根本把她那些同人誌都讀了吧？我心底揶揄，叮囑了他

15 Keith Jarrett，1945～，美國爵士樂手與作曲家。

一下。看他講得喜形於色的樣子，看來我家女兒的小說可能真的寫得還不錯。海里從高中起開始寫些類似小說的文章，大學時候參與的同人誌直到現在也還偶爾會在上頭刊點東西。

「真有意思，寫小說的人，我們家就有三個。」

篤郎說。

「海里都開始寫了，我看我可以算了。」

「哪有這種事——」

不過篤郎也沒再糾結在這個話題上。他是真的很高興海里開始寫小說了，看來今後這個家裡頭寫小說的人，也已經夠了吧。

其實我這幾年根本也沒寫什麼，雖然說彌惠辭職，少了個幫手，但兩個女兒也已經不用我再跟前顧後，時間上其實比以前充裕，但即使篤郎勸我「妳寫點這樣的東西嘛」，我也提不起勁。試過是試過，也覺得如果是自己想到的題材搞不好寫得下去，但一提筆又停了。不是寫不出來，而是已經不想寫。我不想知道，一個字在超乎了我意志掌控範圍之外，又喚來的另一個字。

彌惠結婚，離開了這個家。之前跟那個有家室的男人糾纏了好幾年，最後那男人忽然心肌梗塞，走了。之後緣分到來，跟個相親認識的男人結成了伴。她那頭一個戀人走的時候，她連喪禮都沒能去參加，整個人關在家裡好幾天，成天哭，瘦成了皮包骨。現在她是板橋一家蕎麥麵店的老闆娘了，有時候想起會給我來通電話報告近況，也講講她老公的壞話，不過她日子看來是愈走愈順了。

餐桌旁如今只剩下了我們一家四口，兩個女兒吃飯的習慣變得跟我與篤郎一樣。兩人的酒量都不輸給父母，也在外面學會了很多事，總是邊吃飯，邊年輕氣盛大放厥詞，一邊搭配紅酒或是日本酒。兩姊妹裡，什麼事都聊，總是對自己的事情毫無保留到了令我們聽得忍不住擔心的是海里，焰則是個秘密主義者。除此之外，還有些最好不要聊得太多的話題，彷彿像是餐桌上另外擺著的另一道菜餚，我感覺兩個女兒似乎早已心知肚明，把一切都看穿了。

歲月確確實實地消逝，每次一見到她們兩人那充滿彈性光澤的肌膚，就感受到自己的喪失。但也有種感覺，彷彿只有自己一個人沒變，只有自己，被留了下來——或者說，被幽閉進了那些最好不要多談的話題中。

彌惠從前睡的那間二樓的四張榻榻米大房間，現在成了雜物間兼我的「書房」。我在那裡幫篤郎謄寫稿子時，門鈴響了起來。午後三時多。一打開了玄關門，一個提著波士頓包的女人站在門口。

我瞬間就知道有什麼狀況發生了。這個人我認識，槇原小姐，去過「文學水軍」群馬教室的一個學員。後來過了好一陣子，多摩中心教室的學員們來家裡玩時，不曉得為什麼她也一起跟來了。那個人，此刻什麼連絡也沒有地突然出現在我們家門口——手上還提著一個看來像旅行袋的袋子。

「請問白木老師在家嗎？」

她擠出了聲音問道。我說他去剪頭髮了，四點前應該會回來。

「我可以進去等他嗎？老師知道我會來。」

我讓她進來客廳坐，倒了杯茶給她。她連一聲謝或是那我不客氣了都沒說，直接拿了起來就喝。上次跟多摩中心的人一起來的時候，她也有點奇怪，比誰都饒舌，一直呱啦呱啦講個沒完。

我在飯廳椅子上坐下，很想回去小房間繼續未完成的謄寫作業，但也不能把客人就丟在那邊。但看她那樣，我還真沒興趣跟她坐在那邊乾瞪眼，不知道她是有什麼事情要來找篤郎，真希望篤郎趕快回來。

聽見了門開的聲音，我鬆一口氣，可惜回來的人不是篤郎，而是海里。海里現在是個自由撰稿人（聽得我跟篤郎一頭霧水，完全搞不懂自由撰稿者到底是在幹嘛的），收入尚可，跟兩個同行在家裡附近弄了個事務所，今天因為要去採訪還什麼的，一早就出去了。

海里瞥見了坐在客廳裡的槇原小姐，問候了聲「您好」便來飯廳悄聲問我「那誰啊？」。在她眼裡，她父親那群「文學水軍」的學員大概每個人都長得一樣吧？我只動了動嘴唇，無聲回她「水軍的」，海里瞬時皺起眉頭，看來不想要有牽扯，拿了些喝的便上去二樓了，接著，她父親像接班似的，跟著回來了。

篤郎看見了擺在玄關的女鞋好像也沒想到是來找他的，一進門，看見了槙原小姐時明顯被嚇一大跳。老師！槙原小姐霍然起身，篤郎好像被扔了什麼東西一樣立刻伸出雙手往前擋，擺出了防衛姿態，大吼：「妳幹什麼啊妳！也沒事前連絡就突然跑來我家幹嘛——！」果然，一切都很異常。

「您說我可以來的——！」

槙原小姐以一種拔尖抖盪卻又離奇可以跟篤郎大吼聲對抗的奇妙聲線也嚷了起來。

「我？我什麼時候說過這樣的話了！我當然可能跟你們說有什麼事情可以來找我商量，但我又不是只跟妳一個人說，我是跟水軍的每個人都說了！而且妳這樣，事前也沒連絡就跑來了，很奇怪吧？我也有我自己的事要做啊——！」

「我不是來找您商量的，我是來這兒住的！您說我隨時都可以來，您說您太太已經認可了。」

「妳……！妳在講什麼啊——？妳腦袋是不是有問題啊——！」

篤郎望向我，一副要徵求我附和似的。他那副表情，讓我寧可相信槙原小姐也不想相信他。他大概是真的那樣跟人家講過類似的話了——我們一起住一定很有趣吧，我們可以一起住啊！我老婆是個很懂事的人，沒問題的啦，她一定會接受——大概這樣給人家灌了迷湯吧。只是他沒想到，或者說他發現得太遲了，槙原小姐居然是個會把他的話當真的人。

「我已經留信離家出走，全部都寫在信上跟我先生講了！我是要跟他分手才出來的，我不會回去了！」

客廳天花挑空，聲音會直達二樓。現在海里肯定已經走出她房間，正豎起了耳朵在偷聽吧。搞不好她哪時候會把她老爸跟槙原小姐的這一來一往寫進她的小說裡。想到這，就忍不住想笑，好想跟篤郎說喔——。

或是我自己寫呢？我以自己的第一人稱視角，寫下自己所看見的另一半與別的女人在自己眼前這樣攻防的情形，寫下我有什麼想法、我想怎麼樣？我把這些寫成小說，拿給篤郎看?或是瞞住他，寫好了再寄給同人誌？「文學水軍」的同人誌發行到了全國各地教室嘛。

不過當然只是想著好玩而已。我才不會寫，沒興趣寫。這種事，根本沒有寫的價值。

現在篤郎每個月至少要到全國各地「文學水軍」教室授課兩次。

在外地的課就算只有一天，來回也需要兩天時間，若是對方又安排了什麼無法婉拒的行程，就會變成三天兩夜。學員們交上來的稿子也要花時間看，還得備課，上完了課後又總是聚會到很晚。

不少人勸篤郎「文學水軍」再怎麼說都已經花掉他太多時間了，他跟長內姊也好像因為這件事吵了一架，編輯也跟我說同行的誰誰誰很擔心他這個狀況。可是篤郎就是不聽勸，別人愈勸他別這樣浪費自己的時間做那些沒效果的事，他愈要死心眼持續。

我也不知道這件事情會演變成怎樣，或說我根本就不想去想。十一年前，篤郎跟我說他想創辦文學學苑的時候，我沒反對。人要做什麼總有一些原因，就算我不是小說家，也知道這個道理。文學，是為了要告訴別人一些什麼。真實，是為了傳達一些什麼。自由，是為了思考什麼、為了要去改變這世界。可是我現今感覺到驅動篤郎的反而是其他的一些什麼了。篤郎成立「文學水軍」時五十一歲，今年六十二了，這件事毋寧有些關係。現在對篤郎來講，「文學水軍」那地方反而對他開始形成了一些有別於當初他或我所描繪的意義。

現在各地教室都有持續上了好幾年課，跟我們變得熟稔的學生，至少他們覺得他們跟我們混得很熟。學員人數也多了，有時候篤郎想炫耀我的廚藝，還會一次招待十幾、二十個人來家裡。每次電話一打來，我一接起，就算篤郎不在，還是會閒聊幾句。

「師母下個月也一起來群馬嘛——」

通常會講這一類的。聽說只要我也去，篤郎就比較不會發飆咆哮，可是我近來實在疲於找一些理由推辭到連我自己都嫌累的程度。

「師母還沒有看過老師跳脫衣舞吧？老師最近還會戴上日本傳統髮型的假髮跟化妝

唷，大家都很嗨呢，我們都好期待老師不知道會在師母面前怎麼表演……」

對方聊得興高采烈，邊說邊笑，我也只好一起笑，東問西問些這事的情況，假裝已經從篤郎那兒聽他提過這件事了。其實我一無所悉。不過篤郎每次跟「文學水軍」講電話那副模樣，還有他之後對我的態度，早讓我懷疑他們到底在聊些什麼了，原來是這麼回事啊……。

一開始，好像是某次上完了課在旅館宴會廳聚餐時，篤郎起興借了件女學生的外套還什麼的即興表演了一次，之後這事在各處教室傳開，有學生好玩就帶了長襦袢跟卡帶錄音機去放音樂，整件事一發不可收拾。現在聽說只要我沒一起去的時候，他們就會這樣玩。

我沒告訴篤郎我知情的事。但那天接完了電話後，一連幾天完全失去食慾，整個人食不下嚥。我騙篤郎跟女兒說我好像得了感冒有點發燒，跟篤郎獨處時也刻意表現得跟平常沒什麼兩樣，試圖忘記這件事，反正我又沒親眼看見自己老公跳脫衣舞，怎麼可能會忘不掉！

「哎唷，三波春夫先生[16]回來囉——」

終究還是不小心對著剛從外地上完「文學水軍」課程回家的篤郎這麼嘲諷了。他不在時，我腦海中滿滿都是沒看過的另一半詭誕荒唐的身影，一看見他那當下，實在沒法控制就脫口而出。啥啦——！真是的。篤郎輕輕一笑，看來已經察覺了我已經知道的事。

「妳講那話真是很酸耶——」

當晚兩人在臥房裡獨處時，篤郎在隔壁床上這麼說。那是長內姊讓給他的床。我沒抬眼，目光依然停留在眼前書上。

「我是不知道妳聽說了什麼，不過不像妳想的。我一開始只是起興表演了一次嘛，之後大家便一直起鬨想看，我又不能只在這邊教室表演，不在那邊教室表演嘛，是不

[16] 1923～2001年，演歌歌手，日本第一位穿著和服登台的男歌手。

是——？那些人來了『水軍』後，開始會去思考他們以前不會思考的事，這是好現象，可是我也不能讓他們把我拱上神壇當成神一樣看待吧？我又不是神，偶爾也得裝瘋賣傻耍耍笨哪——」

聽起來就是隨口胡謅，我沒吭聲。

「妳是因為沒看過，所以才會胡思亂想，妳要看過了，就知道我在說什麼了，下一次啊……」

「你若在我面前跳，請相信我會離婚——」

我打斷，我是認真的，但是聲音過於僵硬、用詞過於禮貌，聽起來像在開玩笑。篤郎爬到了我床上。

「不要這樣講嘛——，妳知道妳對我來講是最重要的人呀，喏——」

說著，把書從我手上拿走，趴到了我身上。我們已經很久沒行床第之事了，我這陣子正在心想這件事也許會就這麼劃下尾聲吧。

結果那天晚上篤郎進行得並不順利。他開玩笑說，都是因為妳說什麼要離婚啦，害我嚇得都縮了。一回去了他自己的床，馬上便發出鼾聲。

果然夫妻之間的床事大概會就這麼結束了吧。我背對他，把臉埋進了夏被裡，暗自思忖。也許篤郎已經沒辦法對我產生那種慾望了，才會轉而去撩撥「文學水軍」那些女人，才會穿上長襦袢跳舞吧。

長內姊好像直到最後一刻才搭上飛機。

篤郎擔心她該不會沒趕上飛機吧，結果我們一抵達函館機場，便見她一如以往颯爽走來，邊朝我們揮手。光頭跟僧衣的模樣我們早已見慣了，但果然在人群裡還是很醒目，大廳中一票人全都往她送去目光。她比篤郎的「文學水軍」晚一點創辦的文學塾以及每個月在嵯峨野舉辦的法會都極受歡迎，現在就連不讀小說的人，也聽說過「長內寂光」這個名號。

這樣的名人滿面笑容地朝自己走來，實在令人有些害臊，不曉得旁人是怎麼看待一個扯開嗓門大喊「噢——！妳趕上飛機啦——」的初老男人跟一個站在他身旁微笑的女人呢？就算難得知道篤郎是一個小說家，大概做夢也想像不到這三個人居然是一對夫婦以及丈夫的舊情人吧？

不過我並不討厭跟長內姊碰面，當然最早那一次她來我家的時候，我有點緊張，不過並不討厭，反而還想見見她。為什麼呢？因為她是篤郎的特別的情人哪。她選擇了出家為手段，斬斷了與篤郎的情絲。平常人應該會覺得這樣應該是讓人不想見，而不是會想見吧？——要是蒔子，大概會這麼講。說到我這妹妹，我一向把她當成這社會常識的代言人，不過這實在是個很沒參考價值的太過隨和又片面的社會了。不過這樣就夠了，對我來講，社會差不多是這樣的存在就夠了。

長內姊是個很不拘小節，率真而又活潑輕快的人。她那顆大禿頭大概也給我帶來了這樣的感受，每次一看到她啊，我就覺得這真是一個溫暖得有如太陽一般的人，也能理解篤郎當初為何會為她傾倒。她既是篤郎昔日的戀人，也是他的母親、姊姊一樣的存在。長內姊身上，就同時具備了這世上所有被稱為「女人」的豐饒。

現在我跟她算得上是朋友了。那是什麼時候的事呢——？我注意到了，她開始改口喊我「笙子」，而不是「白木太太」。而我，在心底喚做「長內美晴」的那個女人，如今即使我不出聲地在心底喊，也是喊她「長內姊」。有時候我會想，我可能其實很喜歡她吧，我找不到什麼不該喜歡她的理由。蒔子的話可能會說，笙子妳的眼光真的有問題耶。可是長內姊從前愛過篤郎、篤郎也愛過她的這個事實並不會讓我想疏遠她，反而讓我的心更能夠因為同理而向她開敞。甚至可以說，比起跟「水軍」那群人在一起，我跟她相處時更感覺閒舒從容、自在愜意。

時序剛入十月，東京還熱，但這邊一出了室外就有點冷了。我們接下來要去市區吃點午飯，再去「文學水軍」會場的文化中心。到了五稜郭附近，剛下計程車後，篤郎馬上說「不好意思，我上個廁所」便拋下我們走了。

「真是的，那個人，走得這麼直覺，他知道廁所在哪裡嗎？」

長內姊望著篤郎走開的背影，不可思議地這麼說。

我笑著答：

「他自己都說啊，他不管是到哪裡，獨獨廁所這種地方就是馬上找得到。」

「真的耶，白木老師不管到哪裡，都走得好像就在他自己家附近散步一樣耶。」

「他那個人鼻子靈嘛，有時候他跟我說『這邊這邊』，結果我跟著走，突然就看到了鰻魚店呢。」

說完，我與長內姊相視而笑。我感覺篤郎不在我們身旁時，反而好像真的「存在」我們之間，那個虛幻的篤郎，有時候才是真正的篤郎，反而是那個步伐輕快地走去找廁所的篤郎，是假的。真正的他，其實人在這兒，就在我與長內姊之間。我不覺心上浮現這樣奇特的想法。

不曉得篤郎去了哪兒，遲遲不回來，我們只好找張長椅坐下。長內姊稱讚我的洋裝好看，我回答她，最近兩個女兒有時候會帶我去青山跟原宿買像這樣子的衣服呢。我們不知不覺間開始有點兒尷尬，因為從來沒像這樣單獨相處過。

可是突然間我心想乾脆把一切都對她傾訴好了，告訴她，像那次槇原小姐突然跑來家裡的事。那一天，篤郎後來叫了計程車把人帶走了，幾個小時後自己一個人回來。我也不曉得他是怎麼安撫她的，或是根本沒有安撫成功。他只跟我與女兒們說「那個人腦袋有問題」。

還是跟她講講那件脫衣舞的事呢？我從來沒親眼見識到，今後也不打算看，但我問問她知不知道好了？告訴她，我對另一半的這種行徑很嫌惡，還是告訴她，我知道了脫衣舞的那件事晚上，他要我，但力不從心？把這一切的一切，全都對她傾吐好了。就像那些去她的文學塾或去聽她說法的女人一樣，我也那麼做吧？還是告訴她，我為何會與篤郎在一起？

可是我終究什麼也沒說，當然。我不會跟任何人說。不會跟蒔子說，不會跟女兒們說，也當然不會跟長內姊說。我在認識了篤郎這個男人之後的世界之中，就是這麼活過來的。今後，大概也只能這麼活下去。

篤郎走了回來了。他發現我跟長內姊正在看他，擺出了滑稽耍寶的姿勢。我們倆都笑了。我們邊笑，邊等待著我們的男人走來。

CHAPTER 7

/

1989 ～ 1992

寂光

文藝誌《F》創刊了。同時舉辦的文學新人獎由白木的長女掄冠。我因為是其中一名評選委員，比白木更早讀到她的小說，搶在編輯部告知他們獲獎消息前就先打了通電話給白木，通知他這好消息。白木欣喜難以言喻。

「文體跟你的小說好像啊！肯定很尊敬老爸吧。」

「這我就不曉得了，不過她高中時有時候我會要她幫我謄小說，真的有那麼像啊？」

白木問，彷彿都可以看見他在電話另一頭眉開眼笑了。

「像啊，分外像，連什麼都沒解決，故事就中斷了的那種風格也很像，大賀老師還說該不會是受了父親的壞影響吧？」

我提起了另一名評審委員，跟白木說明評審時的情況。

「你們該不會是存私心，給了什麼特別待遇吧？」

「哪能有什麼私心！大賀老師、田村老師跟我可都是一路埋頭苦寫過來的小說家耶，我們還不珍惜自己的清譽啊？」

「好啦好啦，就算真的有私心也千萬別跟海里說啊，她可是會辭掉獎項的。」

我不禁苦笑。現在跟我講話的這個白木，十足十的好爸爸模樣，這搞不好是他第一次這麼清楚讓我看見他也不過是一個平凡父親的一面。小說能夠如自己所期待的成為女兒與自己之間的一道橋樑，心滿意足的白木身為小說家的那一面，似乎意外地安靜了下來。

掛掉了電話，我又重新思忖起白木長女的那篇小說。那是描寫一對姊弟之間來來往往的一種既像戀愛又像近親相厭般的奇特情感。文體與結尾的處理的確很有一些白木的味道，但是說起來，我更從中感受到了笙子的影響。

算是影響嗎……唔，又不如說是存在……。為什麼呢……？白木的確跟我自豪過他老婆要是寫小說的話，一定會寫出很讓人驚艷的作品，但是我至今為止所讀過的算得上是她文章的文筆，也就只有寫給我的信而已。但是我卻從白木女兒的小說之中，譬如用詞遣字或是某些描寫情境的觀點、又或者是她所試圖隱晦卻又顯露出來的某些關於她這個人的蛛絲馬跡之中，感受到了某種更接近於笙子，而不是白木的感性與本質。話說回來，我對於笙子的感性與本質又知道得多少呢？也許到頭來，就只能說噢好吧，笙子與我與白木的長女都是女人，白木是男人，就是這樣而已。又或是我其實試圖在白木長女的小說之中，尋找笙子的線索？

不過總之，有個像白木那樣的父親與笙子那樣的母親，當女兒的會開始寫小說也很自然。嘗試把無以言喻的某些什麼化為語言——有時成功、有時不成功——從她的小說中我看得出這樣的奮鬥，擁有這樣的渴望可以說是成為一個小說家所必須要有的資質之一。不過這對於一個人來講，究竟是幸或不幸，終究還是不知道啊。

作家本人接獲了通知後，我又再打了一次電話去白木家祝賀，依序跟接起電話的笙子、白木講過了話後，換海里來聽，我跟她說，恭喜啊。

「……之後就是差不多也該離家獨立了，藝術之神可是很小氣的，才不會讓同一個屋子裡住兩個藝術家呢。」

白木的女兒今年二十八歲，也許早晚會成家，要是這樣，最好在那之前先體會一下一個人獨自生活的況味，所以我才那麼說。是啊，我也在打算這件事，但我爸就是面露不悅。海里這麼回答。

往後我有時候會回想起這時刻的片段，當時我毫不懷疑將會被留在那調布市三層樓房子裡的人是白木，可是實際上，離開的人卻是他。

在一個不是日本的不曉得亞洲哪裡的猥雜市場裡，我與我姊手牽著手走路。我倆正在為對方找帽子。我姊說不然我的光頭被太陽曬得太可憐了，我說那我也幫妳買一頂適合妳的帽子好了。

在掛著帽子店招牌的店家裡，賣的不是掉了線的、破的，就是髒的，或是款式像是小丑戴的帽子，店裡跟路上都擠滿了人，我跟我姊一下被撞、一下被踩了腳，走得顛顛晃晃。明明是在像商店街那樣上面有屋頂遮避的地方，但不曉得為什麼我頭頂被曬得好燙好難受，我姊擺出了一副姊姊的架勢，用疼惜甜膩的聲音說「妳看吧妳，不趕快找頂帽子來戴不行啊」。

路過的一個誰說了句——「肉店有賣比較好的帽子喔」，剛好旁邊就是肉店，一堆肉塊像是石頭一樣被隨便扔在了旁邊，各種顏色，連包裝也沒有，滲出黏膩的肉汁。肉與肉之間，露出了看起來像是帽子的布料。我跟我姊小心翼翼別讓肉汁髒了我們的衣服，一邊小心地在店內逛著。

妳看，這頂不錯吧？姊姊拿在手上的一頂藍色草帽的帽緣也沾上了黏膩的肉汁。戴上去就不會了啦，這種東西就是要戴，戴上去就會變得漂亮了，姊姊說，將帽子戴在她自己頭上給我看。果然那帽子變得像新品一樣。我也跟著拿起旁邊一頂毛料帽子來戴，那頂比我姊戴的那頂更糟，沾滿了膿一樣的東西，但我相信姊姊的話，戴了上去，膿污卻變得更濃了，黏在我頭皮上。我忽然間恍然大悟，姊姊該不會是死了吧？因為死了，所以就算戴上爛糟糟的帽子，那頂帽子也會變得清美……。

醒轉過來，鑽出了棉被外。坐下來吃早餐時，仍舊想著今早那個夢。

姊姊在五年前走了，大腸癌。發現時已經遲了。她剛走的那一年左右，我很常夢見她，但是最近很少入我夢。怎麼會做那樣的夢呢？一股眷戀與重新被翻攪出來的悲傷混合在了一起，擾亂了心湖。

「怎麼了嗎？」

小林小姐從廚房端了咖啡壺過來，這麼問道。她是我們現在這兒的五位秘書兼幫傭之一。

「我做了一個很怪的夢。」

我把冷掉的咖啡端起來就口，這麼說。平常早上這時候我已經會請她們幫我倒第二杯咖啡了。小林小姐拿起咖啡杯，說「我幫妳換杯熱的來吧」，等她回來時，我跟她提起了我的夢。

「好久沒夢見了，不曉得怎麼回事……」

我心底狐疑，這麼一說，

「不然妳跟白木老師講看看嘛？」

小林小姐接話。

「白木老師的話，一定會給妳一套很棒的說法的，他那個人不是很會這些嗎？」

我聽得噗嗤笑了出來。小林小姐在我們這嵯峨野的家跟文學塾裡都跟白木見過了好幾次，她說得的確沒錯。

「好啊，我跟他講的時候，就連妳剛才講的一起講。」

「不要啦——！嗳呀——，不要這樣子啦！」

拜她所賜，我吃完早餐進書房時心情已經比剛起床時清爽了很多，剛開始專心工作沒多久，電話就響起。小林小姐接了起來，叫我去聽的時候，很激動地說「是白木老師打來的耶——！」害我馬上大笑出聲。

「幹嘛啦——，什麼事那麼好笑？」

白木聽來不太愉快。

「我們今天早上才剛聊到你呢，小林小姐還叫我要打電話給你。」

什麼事啊？白木並沒有這麼追問，只一聲不吭，好像沒聽到我的話一樣。就這一刻，我察覺到了有異。

「怎麼了？」

「我得了癌症啦。」

白木發洩似地丟出了這麼一句。

「身體就有點不舒服，所以我跑去檢查，結果今天出來了。醫生好像檢查時就已經心裡有了點底，但還沒確定清楚前，不會告訴病人的樣子。我今天一進診間，那個醫生就問你想聽真話，還是假話？這真是什麼笨蛋流程啊，再如何遲鈍的人被那樣一問，也馬上知道啊——我得了癌症啦——」

不知道是對醫生憤怒，還是對於降臨在自己身上的運命怒火沖天，這樣子發洩似乎讓白木感到比較好受，也就是說——他此刻無比畏懼。我立刻察覺了，但就算不是我，大概也很容易意識到吧。說是發生在乙狀結腸的癌，八月要動手術。

「妳姊不是也是大腸癌嗎？」

「是啊……」

我心想不能跟他提起那件夢了，口中這樣回答。姊姊隔了那麼久又來我夢中，該不會就是來跟我預告這件事的吧？

「我姊發現時已經來不及了，但是你還可以動手術不是嗎？那就表示你這情況治得好——」

「嗯，我家的人也這麼說。」

「所以啊，你一定沒問題的啦。你就去手術，把它切掉就好了。」

「是啊，反正我也沒打算這麼簡單就死啦——！」

白木心情似乎已經比剛打來的時候好了一點，掛掉了電話。他的不安與恐怯，或許也傳染給了我。我又跟自己說一次，沒問題的。白木怎麼可能會走？我姊才剛走沒多久，怎麼可能現在連白木都要離開我？更何況，不管從好的壞的來說，他都是那樣一個對於生抱持著強烈貪欲的人，怎麼可能會這麼快就離開。

過了一會兒後，心情平復了下來，堅信這事不可能發生。一投入了工作，便會忘記白木生病的事。只是有時候，那事忽然又像什麼小毛病一樣，忽然往我體內不知道哪兒猛力搖晃一下，每一次，我都再度告訴自己一次——不可能。

手術平安結束。

笙子給我來了消息，於是我排出時間上東京一趟。白木就在他家調布市那邊一間嶄新的綜合醫院入住單人房。

「哎呀，辛苦妳了，讓妳特地跑這一趟。」

半躺在病床上的白木看起來精神還不錯，笙子也在。房間很寬敞，甚至還擺了一套客用沙發。

「這房間不錯啊，不過住這麼好，你每天病房費應該不少吧？」

我很直白地講，畢竟這也是令人掛心的事。

「只剩這一間啦，哪有什麼辦法——」

「才剛換病房，之前那間單人房簡單多了……」

笙子從旁說明——

「之前那間病房他嫌冷氣的室外機吵得他不能睡，還鬧了一番，硬要人家給我們換一間……」

「那已經是一種拷問了耶——，轟隆隆、轟隆隆一直魔音穿腦，我肚子才剛被剖開，整個人呃啊——呃啊——都快死了！」

「還有力氣抱怨，我看是沒問題了。」

我插話堵了一句，白木嘿嘿地笑，看起來挺開心。事實上，他術後情況應該是還不錯吧，跟之前講電話的時候相比，現在這白木感覺已經恢復了他原有活力。

倒是笙子，看起來憔悴許多，原本就瘦，現在又比之前碰面那時候更瘦了許多。笑起來的樣子，也疲憊無力，像白木那樣的男人哪，只要一生病，我看對照顧者的負擔肯定非同小可。

「真的是很任性，我真是累得——」

笙子像是看穿了我的想法一樣給了我一個苦笑。

「他討厭吃白粥喝米湯，之前還特地在家裡練習著吃，但來了後還是吃不慣。」

「熱的還好，給我那什麼半溫不熱像糨糊一樣的鬼東西！誰吃得下啊——」

「所以你現在都吃什麼?」

我問。

笙子代答──

「我在家裡做了熱湯,倒進保溫瓶裡給他帶來啊,可是這樣他還是嫌溫溫的不夠燙……」

她說她這一次啊,才終於學會了保溫瓶這種東西到底怎麼用,聽得我們都笑了。

她聊著一些她平常根本不會聊起的話題,像要給白木打氣一樣,怕是因為這樣,更添疲憊。至於白木,在捨身服侍的妻子與特地搭乘新幹線大老遠跑來探病的前女友面前,看起來像變回了小孩子一樣。

下一次去探望他前,他親自給我來了電話,說是在走廊底的公共電話打的。

「妳之前來看我之後啊,那些護士都哇啊哇啊地激動得不得了,托妳的福,妳來過後我的待遇好多了。」

他一開頭這麼說。

「這個月能不能再來一次啊？他們好像希望也把妳拍進電影裡。」

「你們還要按照計畫拍啊——？」

我大吃一驚。我知道專拍紀錄片的電影導演沖一郎要以白木為主角，拍攝紀錄片的事，但我以為他生病了之後，拍攝計畫應該會暫停，或者至少也會延期吧。

「總不能因為我病了就不拍呀，都答應人家了，而且本來就是要跟拍我生活中真實的樣貌——」

我真心覺得他該推掉，但這麼說的話，又怕傷了白木，所以我又再出了一趟遠門。

這一天，原本以為只是事前打個照面講講流程而已，沒想到導演跟攝影小組已經等在了病房裡，好像是白木跟他們說我已經同意了，只有笙子擔憂地問我沒關係嗎？我說沒關係，那時候我的心情已經一心只想要讓白木高興。

「我生病了這件事，應該對你們來講是個天大的好消息吧？」

病床上的白木轉頭朝攝影機這麼說。不曉得是不是肚子還沒辦法出力，儘管他提高聲量，話聲也還是不像從前那麼響亮。

「怎麼可能會是好消息呢……，不過老師您願意讓我們跟拍，我們真的很感動，真不愧是白木老師。」

導演這樣回答。

「然後這樣拍啊拍，要是我癌症復發什麼的，死了就非常戲劇化了對不對?你老實說嘛，你心底是不是想，要是這樣就太美妙了?」

「怎麼可能會這麼想呢!老師您真是——」

「他就想啊，一定要全力活下去，所以才會這麼講嘛。」

笙子接腔。

我也跟著說——

「像這種性格這麼差的人哪，才不會那麼簡單就死咧。」

「開玩笑的嘛!開玩笑的啦——」

病房內響滿尷尬的笑聲。我偷偷瞄向笙子，發現她也正在看著我。我們假裝並沒對上對方的眼神，趕緊別過臉去。

八月尾聲，白木出院了。秋天時，他在演講會上公開了自己罹癌一事。他的工作量幾乎還是維持著罹癌前的份量，不過感覺上，好像不管是在短篇散文或是「文學水軍」的課堂上，他都不斷熱切地提起「我罹癌啦」這件事。

這樣反而顯現出了他的張皇失措。我看得出來，笙子一定心底更清楚吧。我很擔心，我希望他不要老提罹癌這件事，這樣癌魔才會忘了他，但這或許只是類似我的一種預感吧。

出院之後，白木除了定期回診檢查外，日子似乎過得跟從前沒什麼兩樣。他不會死的——有時候，我會產生這種想法。但有時候，又會忽然湧現一種不、現在就得馬上做點什麼才可以的心情，無法按捺住情緒，馬上打電話給他。

「妳這陣子很常打來啊——」

有一次，白木這樣調侃我。

「放心啦，我不會死啦。我要死了，你們大家都會很困擾吧？還是你們反而會覺得很清爽啊？」

「當然是覺得很清爽囉——」

我也開玩笑這樣鬥嘴回去，但是白木打來的頻率逐漸減少，有時候約好了要來京都，也會前一天突然反悔，說他「就是提不起勁」。偶爾終於可以一起吃頓飯了，他筷子幾乎沒怎麼碰到菜，酒量也不到從前一半。天生的炒熱場子熱情也沒了，只是愣愣發著呆，一句不吭的時間愈來愈多。

我心想，之前也有過這樣的狀況，那是在我出家前，白木的心已經不在我身邊的那段時期。那時候他還試圖隱瞞，但這一次，他連瞞都不瞞了。大概是連瞞的力氣也沒了吧。白木正在離我而去，這感覺如此揮之不去，無論我怎麼自欺自瞞也沒有辦法。生病就像是一個花枝招展的新女人，黏在了白木身邊。

「轉移到肝啦。」

白木打來這麼說的時候，是隔年六月。手術完都還沒一年，我不知道該說些什麼。

「不過好像還可以動刀啦，大手術，但我還是要開。還能開的時候就開，切切切！把它們統統都切掉。就算我全身到處都開了刀，我也要活下去啦——！」

「開刀的日子決定後記得告訴我，可以的話，我一定上去。」

除此之外，真的不知道該說什麼了。有過我姊的經驗之後，對於癌症這傢伙，我有比白木更深刻的認識。這第二次手術，真的值得開嗎？難道像白木說的那樣，全身開得到處都是，不會反而對身體跟氣力造成更大的耗損嗎？但是我不能這樣說，說了，就等於是叫他直接放棄算了。

如果我是白木的家人，我會說嗎？我試著這樣想。也許會吧。帶著為他好的心情，或許開得了口——「為了我跟兩個女兒，我希望你好好珍惜剩下來的這段時間吧」。但我不是他的家人，甚至也不是他的情人了。我不能說。我靠著出家這手段拋棄了他，這樣的我，如今所能做的，就只剩下裝作相信他所說的要活下去的謊言了吧。

剛過完了年，便收到真二過世的消息，說是事業失敗跟肺癌再發的雙重打擊下，上吊走了。

當年我拋下了丈夫與女兒，去跟真二在一起，之後認識了白木，又與真二分手。那之後已經過二十五年，以前他偶爾會給我來信，但是也好幾年沒寫來了。從前他碰到了什麼困難或煩惱時會來找我商量，我還曾經覺得他煩，但後來也不來了，就這樣，真二在我不知情的時候生了病，欠了錢，一個人什麼也沒跟我說的就死了。

死的時候他有或多或少想起我嗎？在他將逝的身體裡，還殘留著多少關於他與我的記憶呢？無論如何，那些都已經跟著他一起灰飛煙滅，反而是存在我體內的份量變濃、變深。至於小野文三，也老早在十幾年前也是因為癌症病故。那時候我體內似乎也有一種沉甸甸的什麼，不是悲傷的什麼又再度捲上，撲得我好生狼狽。愛過他們的過去、離開他們的過去，一幕幕栩栩如生重現腦海。

也同樣是在那一陣子，波灣戰爭開打。每天一打開了電視，就會看見好幾國國籍軍隊在伊拉克的領土上空炸，根本是在看戰爭片一樣。炸彈不長眼，掉在了軍事設施上，也掉在人們生活的街道上，男人女人、小孩老人，全都死了。愛人的、被愛的，恨人的、被恨的，幸福的、不幸的，全都毫無準備，也沒任何非死不可的理由，就突然被奪去了生命。一想起來便心痛難受，我最後決定絕食，為受難者祈福，並且祈禱即刻停火。我那六十八歲的老骨頭害周遭人很擔心，反對我鑾幹，但我還是幹了。

只攝取水分，胃囊空空如也之後，很奇怪地，身體不但沒有感覺變輕，反而覺得好像被奪走的那些逝去的生命源源流進了我身體裡頭騰空出來的空間之中，讓我身體渾沉得無法動彈。接著聲音傳了進來，我張大耳朵，聲音愈來愈響，轟轟轟、轟轟轟，在我體內撼動著我，我忽然覺得自己可能會就這麼死去。但是好吧，死了就算了吧，假使我的生命可以與那些聲音裡頭的一個互換就好。直到第八天倒下被送了出去為止，我一直不斷祈福。

我將募得的款項換成藥品，自己送去了巴格達。等回來時，白木的癌細胞已經轉移到了肺部。他動那個大手術，切掉肝臟的癌細胞才不過經過了九個月，這一次他好像也打算動刀，跑了很多醫院後發現還是沒辦法開刀，只好只用抗癌藥物治療。比起他的生命已經看得到盡頭，他還不願放棄的這件事，反而還更令人悲傷、令我難受。

五月，出版社朋友們幫我辦了一場慶生會，祝賀我進入古稀之年，順便也慰勞我先前的絕食與巴格達之行。那一場包下了根津一家小料理店的宴席上，白木也在笙子的陪伴下來當我的座上嘉賓。我接到了通知，知道白木那天剛好要去大塚的癌研病院回診，回程時會順道過來露面。

來參加慶生會的朋友們當然也知道白木會來，大家還因為白木與我的生日正巧是同一天還聊到乾脆一起辦好了，可是所有人看見他的那一刻，無不心底一凜，因為白木實在是瘦得皮包骨，瘦得臉頰都凹陷得顯得兩顆眼珠子骨碌碌了，脖子跟手腕則瘦得跟枯枝一樣。白木一臉早受夠被人這樣看待的表情，瞪著全場人，一副很辛苦似地在我旁邊那個保留給他的位子上坐下。噯，這個──笙子從紙袋裡取出了一個圓坐墊，塞進白木屁股底下。我屁股很痛呢──白木又再一次萬分辛苦似地抬起了屁股，重新坐好後，用一種也不曉得是在跟誰說的口氣那麼說。

「他痔瘡有點嚴重──」

笙子也補充似的幫腔，可能是想讓大家知道白木屁股痛不是因為癌症，但是看白木那副樣子，也很難不懷疑那真的只是因為痔瘡的關係嗎？

「我這身體啊，現在真的是這邊也壞、那邊也壞。」

「電影還在拍嗎？」

我問。是啊，笙子點點頭。

「今天也是劇組開車載我們去醫院，回程又送我們來這裡……，感激是很感激啦，但一天到晚有攝影機跟在旁邊拍也實在是……」

笙子低著頭說，聲音輕得沒特別讓人聽見。要不是白木身體這樣，今天這種場合，她一定會以一身令人驚豔的和服裝扮現身吧，可是今天她的打扮，卻是一件有點怪的夾克搭配上一件搭配夾克的裙子，薄綠色軟衫領口垂著一條小珍珠項鍊，叫人看了心口有點酸。

「別拍了啦──。」

我替笙子發聲，這樣跟白木講。

「你現在要專心治療，等病好一點了再繼續拍嘛──」

「我病是不會好一點了──」

白木還是那副老樣子，嘴角微微揚笑這樣說。這也許是他第一次在我面前說出灰心喪志的話吧。

「抗癌藥物打完後，身體就會好多啦——」

笙子像是講給她自己聽一樣。

「就是啊，你在講什麼啊——」

我的聲音迴盪在虛空裡。白木沒說什麼，端起了啤酒，只是那杯啤酒，從剛剛就沒有減少。

那天負責進行傳統的敲破樽酒蓋慶賀儀式的人是白木，好像是出版社的人事前請託他的，我看拜託他的那個人，大概也沒想到白木居然是這種情況吧。

白木站在正中央的樽酒前給大家講了一段話。比起坐著時，他刻意把身體站得直一點，但任誰都看得出來，白木來日無多了。尷尬的臉龐、刻意撇開眼神的臉龐，白木挑釁地把一個個臉龐放眼看過。

「今天我們這些聚集在這兒的人裡，最不幸的就是我了。這樣的我，來給最幸福的一個人祝賀，我們大家就這樣想嘛，這祝福的濃度肯定會變高啊，對不對——！」

停頓了幾秒後，一位編輯站起來拍手，接著大家像被催促似地也紛紛拍起手來。我望了笙子一眼，她臉上貼著淺薄的微笑。她今天沒有看向我，看向了白木。

我想笙子就是這樣一直看著白木吧。當我能夠把精神集中在工作或者雜務中忘記白木的那些時刻，她依然這樣一直在白木身旁，守護著他一天天、一日日逐漸衰弱下去。我跟她，誰比較幸福呢？在白木一天天死去的如今，她會希望她能夠成為我嗎？我會希望能夠代替她成為她嗎？我不知道。只是我們各自都出於自己的選擇，待在了這兒。

笙子

一開始出現異狀，是賞花那天。

不、不對……，我回溯記憶之河。

我爬上樓梯，手裡抱著燙好的床單。我們寢室的床單。寢室在三樓。篤郎的書房也在同一樓。快到傍晚了，廚房裡燉著牛舌，篤郎人在書房，我並沒有特別壓低腳步聲。

正要走進寢室時，忽然聽見篤郎說話的聲音，好像正在講電話——幹嘛啦，怎麼又在講這些——走廊另一頭的書房門微微敞開。平常這時間，我都在忙著準備晚餐，所以篤郎也掉以輕心了吧，也可能是正講得起勁。笨——蛋！呵呵，我知道啊——。說話聲傳入了耳內，清晰得難以置信，篤郎可能以為他講得很小聲吧。聲音好甜膩。甜得令人覺得噁心的聲音，我在心裡頭這麼想。

應該直接走進寢室把門關上的。又或者，就把在書房旁那個儲藏間的門刻意拉得喀喀叩叩響，讓篤郎知道我人就在那裡。從前的話我一定會那麼做，那天不知為何壓低了腳步聲，悄悄走到了篤郎的書房前。從門縫裡只看得見書櫃，但是那說話聲卻聽起來好像是對著我講的一樣——唔，我也很想見面哪——篤郎說——真是想碰妳想得不得了啊，光是這樣講話，我都已經……。

一回過神，我已經一把拉開了書房門踏步進去，惡狠狠瞪著篤郎。聽不下去了！篤郎張口結舌看著我，我還沒等他說出下一句——對我，或是對電話另一頭的那個人——便一把把門用力摔上，走下樓梯。

篤郎立刻跟在我身後衝下來。妳怎麼啦？怎麼在生氣啦——？這是他對我說的第一句話。我沒回應，走進廚房裡開始攪拌燉牛舌。這是篤郎很愛吃的菜，做起來很花功夫，但是篤郎每次都會吃得嘖嘖讚嘆得令人快要害臊起來，所以我總是覺得做這菜很值得。鍋底稍微燒焦了，木匙推不動，我使勁推，整鍋牛舌嘩——地一下子翻倒在了瓦斯爐上。不是啊！不是妳想的那樣！篤郎追上來喊。

你不要靠近我——！我扯開嗓子，那是我第一次對篤郎那樣大吼大叫。焰這時候不在家，但海里應該正在她自己房裡工作吧，我的吼聲肯定也傳到她耳邊了。算了，不管了。你真的讓我想吐！我乾脆喊得更大聲，要是不那樣做，我感覺自己都快把燉鍋拿起來砸向篤郎了。

接下來幾天我都拒絕跟他說話。明明以前那樣亂搞女性關係，我都忍到了現在，外面女人墮掉他孩子那時候、一個女人跑來要跟他一起住那時候，我都忍了，為何事到如今不能忍，還搞到不只篤郎，連兩個女兒都不知所措的地步？我連跟他講電話的那個女人到底是哪裡的哪個誰都不知道。篤郎最近也不像有什麼特別傾心的對象，我猜他大概只是偶爾會忍不住想對那些「文學水軍」的女人出手試試看吧。如果這樣，那個電話裡頭的女人，大概也是這樣一個對象。我無法原諒的，就是這一點。我心想，這個人真的沒救了。

我開始搭理他後，篤郎好像鬆了一口氣，但我心中那種已經沒法再繼續下去了的感覺並未消失。雖然我照樣給家人煮三餐、照樣幫篤郎謄寫小說稿子，聽他講話時會笑，有時也會主動對他笑，但是心中已經準備要將他拋下。

就這麼來到了賞花那一天。

我們去搭公車就能到的神代植物公園賞花嘛——兩個女兒這麼說，於是我們決定全家人一起去賞花。篤郎原本說他那天有事要出去，後來又改變了主意，說要跟我們一起去，大概是覺得那陣子最好還是別惹我跟女兒們不開心吧。他說他跟人家約了在傍晚時候，所以他到時直接從賞花地點過去就好。反正他那個約，大概也是跟哪個女人去幽會，這事不光是我，兩個女兒大概也心裡有數，不過沒人在意。也就是說，在我們家裡這種情況很正常。

賞花那一天，我還記得自己說「今天天氣真好啊——」，但是其他一切卻彷彿霧中風景，恍如一段從空中俯瞰的記憶一樣模糊。在櫻花樹圍繞的開闊草坪上，我們跟其他家庭一樣，圍著便當跟罐裝啤酒坐著。那天風很大，櫻花瓣飛舞。有一片花瓣黏在了煎蛋捲上面。篤郎只吃了那份煎蛋捲跟一塊包過昆布去做的比目魚押壽司。他講了什麼呢？兩個女兒哄然大笑，比平常還鬧。我還記得篤郎看起來好像不太自在，我心底想，晚上一定是要跟別的女人去吃飯，所以他正在擔心讓女人等吧。

到了傍晚時，我們跟要去新宿的篤郎在公車站前分頭走，接著大概是傍晚七點左右吧……，正打算拿剩下的便當菜配上冰箱裡頭的配菜，簡單吃個晚飯，忽然聽見咔嚓咔嚓轉動鑰匙的聲音，只見篤郎懨懨無力地走進了飯廳。

「身體很不舒服，乾脆就回來了——」

篤郎一臉恍惚地杵在那裡。我問他有沒有發燒，他說不知道。我摸了摸他額頭，不燙。

「晚餐吃了嗎？」

「不吃了……，我去睡一會。」

他走上二樓寢室，傳來了極度緩慢的腳步聲。無論是傍晚出門的老公竟然當天就回家，或沒發燒卻又沒精神的這種情況從來沒有發生過，但那一刻，我心裡頭想到的依然跟女人有關。我心想肯定是跟女人之間發生了什麼吧？該不會是傻傻提起了我們全家人去賞花的事，惹得女人不開心了？當下雖然覺得鄙夷，卻也沒怎麼擔心。

那天之後，篤郎就常常身體不舒服，但拖著一直沒去看醫生。如果我當初唸得勤一點，也許他會早點去吧。也或許我當時心裡頭已經隱微察覺到了篤郎正在一點一滴消失。只是那時候我以為，都是自己多心了。

聲稱轉移到肺部的癌細胞「切得掉」的醫師出現了，篤郎把最後一絲希望全賭在那個人身上。我們就是為了聽見這句話而四處尋訪名醫。

正要開始做那次手術的術前檢查之前，某個夜裡來了一通電話。一位時常參加「文學水軍」多摩教室的女士，說跟她先生一起來了我家附近，想過來拜訪。她先生是外科醫師，我跟篤郎都知道。

夜裡十點過後忽然造訪的訪客。我端出去的茶，他們一口都沒碰，只拚命激動地勸說我們，照篤郎現今的身體情況，在肺部動刀非常之不合理。那個醫師之所以說他能開，是因為白木老師您是位知名作家，就只是這樣！他們這麼說。而且那個人只是想利用您出名而已，就算您開完了刀不幸走了，他也可以推說都是癌症的緣故，不是他的錯，那個人就只是想要開刀而已。

篤郎沒信他們，至少他看起來讓自己不相信。雖然我不知道他到底有什麼根據。不過那之後，由於要調閱病歷，我們必須去最早幫篤郎開刀的那位執刀醫師那裡（正好也是醫院院長）知會篤郎要動肺部手術時，院長聽了大驚失色，馬上就在我們面前直接打了電話給那一位聲稱他可以動刀的醫師。

兩人似乎認識。一開始，院長還極力維持聲音平靜，問了一些問題，忽然他大吼——「如果是您父親，您也還是會照開嗎！」那聲怒吼，讓我跟篤郎徹底明白了一切。

篤郎轉頭看我，大概他自己也沒意識到他轉頭看了我吧，表情中要我給他一個能夠顛覆眼前情況的說法，但是立刻又移開了眼神。我大概也跟他一樣的表情吧。那是我頭一次看見自己另一半絕望的面容。

「哇——太適合了，您穿起來好好看啊——！」

一走出了試衣間，店員馬上誇張地拉高聲線，還喊來另一位店員——「千佳、千佳，妳看妳看——」

「真的耶——！好像女明星噢，太羨慕了！」

我被兩人的讚嘆聲包圍，望著試衣間外的鏡子眺望自己全身。我也不曉得這件有水彩畫花紋一樣的輕柔洋裝到底適不適合自己，連我到底想不想要這件衣服我也不知道。

「外面如果再套上這樣一件夾克，整個人的氣息又都不一樣了。」

我乖乖把夾克也套了上去，又是一陣歡呼。她們實在太歡樂了，引得經過店門口的幾個人也探頭看我。他們眼中的我，看起來像什麼樣子呢？就算看來像是一個被專櫃小姐捧得醺陶陶的初老婦女，恐怕他們也沒想到，這個女人的老公就正在旁邊綜合醫院的一間病房裡面快要死了呢。

兩個店員不停輪番拿來一件件圍巾呀鞋子呀飾品呀，我全部都穿戴上去，「這些全都給我」，我說，刷卡付了那筆不小的金額。邊付邊想，等這筆錢被轉出去的時候，我家戶頭裡恐怕就沒剩什麼錢了，感覺自己像個旁觀者一樣。接著我把兩個大紙袋掛在肩上，下去一樓，一邊心想再不趕快回去不行，一邊像是被看向了自己的化妝品櫃小姐那張人偶般臉龐所吸引一樣的在化妝品櫃前的椅子上坐了下來。今天想要找點什麼嗎？口紅。如果不趕時間，要不要連粉底也一起試呢？好啊，麻煩妳。簡短的對話後，我花了半小時以上的時間坐在那裡，也有了一張人偶般的臉。

抱著增加成了三個的紙袋，回到醫院時已經過了下午兩點。原本只是想抽根菸而走出了病房，就那麼茫茫然走出了醫院，走進了車站前的複合大樓。我沿著走廊走向篤郎所在的病房時，一個已經認識的護理師正好從病房裡出來，一看見我，臉色大變。

「您跑去哪裡了？」

她的口氣很強烈，我還以為是我臉上的妝太濃，被責備了呢。

「您先生一直在喊您啊！呃啊——喂呃——的一直喊，嚎叫一樣的喊個沒停，我們去了也沒用，他就是一定要找他太太——」

心口上感覺有一隻鈍掉的刀子剜了進去。就在離病房不遠處，我聽見了那個聲音——呃啊——喂呃——。被病魔磨損掉的音量，像從腹部深處拚命擠出來一樣。

剛才從病房出去時，我跟篤郎說我去抽根菸，他還跟我說好啊好啊，妳慢慢抽。他大概心想，我抽得再慢再悠緩，十來分鐘就會回去了吧，難道他之後就一直這樣喊個沒停嘛？喊得連護士們都不知道該怎麼辦了。難道他以為他這樣喊，我就聽得到嗎？他喊得好像我就故意躲在病房門後面一樣。而那段時間，我人呢？我正往專櫃衣架上翻翻找找挑衣服，正在化妝品櫃檯前往自己的臉上塗上五顏六色——明明打扮成了這樣，也沒有什麼地方要去。

住院接受抗癌藥物治療期間結束後，返家這段時間，篤郎的身體狀況又更加惡化了。他本人主訴痔瘡很嚴重，但是醫生私底下跟我說大概是癌細胞的影響吧。但是就連要確認這點所需要做的檢查也都已經不用做了，因為就算確認了也不能怎麼樣，已經來到了這樣的階段。

「呃啊……！」

不曉得喊了幾十次後，篤郎忽然看到我進門，剛才還那樣鬼呼神嚎呼喚個不停的女人終於現身了，他卻一臉好像看見鬼的表情。

「抱歉抱歉！忽然想起有個東西要買。」

我找藉口搪塞，忽然意識到自己臉上化著濃妝。

「怎麼啦？哪裡痛啊？」

「我還以為妳消失去哪裡了……」

篤郎沒有提起我臉上的妝。就算他察覺有異，大概也沒有體力跟氣力再多說些什麼了吧。我在他床畔的椅子坐下。他剛才還那樣哀嚎著要找我，現在我人就在他身旁了，他卻又沒有什麼話要說，只是讓我看著他那痛苦的模樣。

「剛才有稍微睡著嗎？」

「哪裡睡得著，疲累死了，妳再去叫他們多開點藥給我吧。」

「已經拜託他們給你增加藥量啦，今天早上。」

「要有用才行哪，妳再去叫他們多開一點啦——」

我沒說什麼，篤郎問「能不能幫我按一下腳？」於是我稍微移動一下椅子，把手伸進了毛巾毯底下去揉按丈夫已經瘦弱至極的小腿肚。

「再怎麼痛恨一個人，我也不會想要他得癌症。沒什麼病比這更殘酷的了……」

篤郎啞著嗓子說，我不知該回什麼。

「不過哪，妳想想看，得癌症啊，至少比那些因為一個什麼不小心對婦女施暴，結果被週刊跟電視批鬥得體無完膚的好一點噢，對妳或對我都是——」

篤郎呵呵輕笑，我也跟著笑了一下。我專注地幫他按摩腿部，最近每天只要他叫我按，我就按到他說好為止，所以兩隻手的拇指根部都已經好像得了腱鞘炎一樣痛。

每天就我一個人陪病睡在病房裡，護理師們都說，妳有時候要跟妳女兒們輪班啊，不然的話，妳會倒下去哦。焰去年搬到了瀨戶學陶藝，海里也在那之前就已經搬出去獨居。她每個禮拜會來看她爸兩三次，我要她幫忙什麼也都會做，只是不會跟我輪班。

「我可以的」——我這句話，海里與其說是信之不疑，不如說，她儘量說服她自己相信。結果到頭來，阻止兩個女兒靠近病房的人，其實是我。

只有女兒陪，篤郎一定會不開心的。就算海里待在他旁邊，只要我不在，他一定又會呃啊——喂啊地喊吧。篤郎被折騰得那麼痛苦，那痛苦的模樣只有我可以看。這是篤郎的意思，也是我的意思。他雖然是海里與焰的父親，但如果要說他是屬於誰的，他是我的。

「好了。」

篤郎說。比平時早。

「我還可以再按一下啊。」

「肚子很不舒服。」

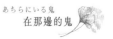

篤郎好像要逃開我的手似地彎曲了膝蓋側躺，突然「嗝呃——！」一聲，從口中吐出了黑抹抹的液體。我趕忙慌慌張張按下護士鈴，摩挲篤郎的背。嗝呃——嗝呃——，篤郎口中，又繼續吐出又黑又臭的液體。

在洗臉台洗手時，護理師悄聲跑來叫我，說要我去護理站一趟。醫生正等在了那邊，他告訴我篤郎之所以會吐黑汁，是因為癌細胞已經擴散到了腹膜各處，造成他的消化器官到處阻塞。大概只剩下兩週左右了——醫生說，我點點頭，又踅回去洗臉台。

不趕快回去病房的話篤郎會擔心，一邊心底這麼想，望向了鏡中的自己。我沒掉淚，只是滿頭汗。化妝品專櫃小姐花了那麼長得離譜的時間細心幫我描繪的眼線已經暈開，在眼周污成了一片，我用面紙輕輕施力揩掉。

衝擊好大。連自己都感到意外。篤郎沒救，這我老早就知道了不是嗎？在發現他罹癌之前，我不是就已經決心要拋棄他了嗎？那跟這有什麼不同？分手後成陌路，跟篤郎生病死去。

還剩下兩個禮拜……，也太長了吧？篤郎還得受那麼久的折磨。可是就只剩下兩個禮拜了，再過兩個禮拜，篤郎就會死，從我面前永久消失。我好怕，好怕好怕，那之後，我該怎麼辦呢？

搞不好都是我的錯——無法揮開這個奇妙的想法。都是因為我要拋棄他，他才會死的，我在心裡想著要跟他分手，這是個關鍵性的錯誤。

回去病房途中，在走廊上遇到了沖家人。不是導演，是沖太太。一開始就是因為他太太來參加過「文學水軍」的緣分而決定要拍這部片，現在他太太成了導演與我們之間的連絡窗口。

「剛才聽醫師說，只剩兩個禮拜了？真的很令人難過。」

今天又沒有拍片行程，為什麼這個人會在這裡？為什麼她什麼都知道？為什麼醫師什麼都要告訴她？我在心底厭惡，但沒氣力跟她多費唇舌，只應了聲「是」。

「那個……跟您商量這個實在很抱歉，可是……白木老師的那個……臨終的時候，可不可以讓我們拍一下……?阿沖在問。當然我們絕對不會打擾您們,只是想知道可不可以讓我們把攝影機帶進病房……」

「我想一下,晚點再回答妳。」

我打斷她,先這麼回答。拍臨終?把攝影機帶進病房?為什麼這些人覺得他們有權利這麼做?我早覺得拍攝這件事實在快令人崩潰了,但我沒辦法從我的口中說出來,因為篤郎還沒說他不要拍了,我也沒辦法說。我要是說了,就等於是跟篤郎說你已經要死了。

走進病房,把門帶上。連現在這一刻,我也感覺立刻就會有人敲門,接著她會帶著一對攝影人馬現身。不過什麼也沒發生。篤郎面朝天花板,張著眼睛,床邊已經讓護理師他們幫忙整理乾淨了,只是篤郎睡衣領口還沾著一些黑色斑點。

「他們說會幫你換藥呢,接下來就會睡得好一點了。」

我這樣告訴篤郎,假裝剛才是去跟醫護人員講這些。

「妳會不會再婚啊——?」

篤郎依舊望著天花板這麼說。

「你在講什麼啊，怎麼這麼突然？」

我擠出一抹笑。

「妳可以再婚啊，我死了以後。」

「好啊，我記住你這句話了。」

「如果能再出現一個令妳滿意的男人就好了。」

「哇——，看起來你對自己的評價很不錯啊——」

嘿嘿嘿——，篤郎輕輕笑，又閉上了眼睛。我望著他的臉慢慢也感覺意識有點朦朧，忽一回神，抬頭發現篤郎已經又睜開眼睛。

「沒有外套。」

「唔？」

「我掛在那裡啊，不見了。不曉得誰拿走了。」

「你做夢啦。現在是五月耶。」

「什麼做夢——?我要去搭西伯利亞鐵路列車，特地帶來的。」

篤郎一臉不悅，但忽然好像發現前後兜不攏，又靜默了下來。他從幾天前開始偶爾這樣，會講出一些莫名其妙的話，不過西伯利亞鐵路列車……我稍微有點想笑，這個人到了最後還是這樣，嘴巴裡吐出來的話還是那麼小說。

「你那個西伯利亞鐵路列車啊，我不知道可不可以也一起搭噢——」

我試著說笑，他已經又閉上了眼睛，眉頭皺攏，嘴巴傻乎乎開著。嘴唇乾得都裂了，還沾著幾絲剛才嘔吐的黑色痕跡。

也許這個人一直都站在攝影機前吧。

我忽而這麼尋思。也許這個人，從一有記憶開始，就活得好像正在被人拍攝一樣。而我，或許從跟他認識了以後，就一直被收錄進了他扮演的那齣戲裡頭吧。

「差不多該跟需要連絡的人連絡一下了。」

醫生這麼說的時候，海里跟焰、我妹妹蒔子以及篤郎的妹妹登志子都已經來了病房，浮上我心頭上的只剩下長內姊，我從醫院的公共電話打電話給她。

「我明天就過去。」

長內姊一聽我說完，馬上回答。口吻很平靜。

「桐生老師也很想念他，所以我們明天會一塊兒過去。請妳跟白木老師說，麻煩他等到那個時候。」

隔天中午過後，長內姊與桐生老師一起來到。桐生老師是篤郎很敬重的思想家，對篤郎來說是既像恩師、又像父親一樣的人物。桐生老師的腳不好，長內姊與陪同前來的編輯一起從桐生老師兩側腋下撐住了他站在床邊。篤郎已經失去意識，只剩下不規則而且聽來痛苦的呼息聲還代表著他依然活著。我跟兩個女兒、蒔子她們從沙發這邊看著他們，不經意間眼淚湧上，不想被女兒們看見，走出了病房。

我沿著走廊往樓梯方向拐彎。我知道樓梯幾乎沒有人走。從四樓走上五樓，再走上了六樓。打開轉角處的鐵門，走出了建築物旁邊往外大大延展出去的露台。

這個空間與其說是給病患用的，不如說看起來已經成了醫院員工的曬衣場。兩個曬衣架上都有毛巾跟圍裙之類隨風飄揚。我是跟篤郎在他第一次手術後，因為醫生命令他要多走路免得腸子沾黏，而在醫院內散步時發現了這處空間。那時候篤郎還說，這裡大家隨便都進得來沒問題嗎？那些絕望的患者不會從這裡跳下去吧？

我走到欄杆處，鐵欄杆高達我鎖骨附近，絕望的病人應該也不是那麼容易想爬就爬得過去吧。眼淚依然掉個不停，甚至還更瘋狂地從雙眼中汩汩湧出。我一直都沒掉淚，為什麼現在會哭？長內姊現在也在哭嗎？一邊低頭望著不管跟他講什麼都不會再有回應的篤郎？兩個女兒跟桐生先生都在，或許她不會像我哭成這樣吧？我感覺我連她的份也哭了，或者其實我是想哭給她聽一樣。

那是我最後一次嚎啕大哭。眼淚一直止不下來，只好一直待在那裡，等我回病房時，長內姊與桐生老師已經回去了。家人一看見我痛哭後的臉龐，也跟著哭了出來，不過我已經不哭了。

篤郎在兩天後離世。最後攝影機並沒有進來，因為兩個女兒氣憤不已要他們放棄。當篤郎的呼吸明顯來到了將息之境，登志子一直哭著大喊「哥——哥——！」兩個女兒也像被傳染了一樣，跟著喊「爸——爸——」，蒔子也呼喚著「篤郎哥——」，而我，只是靜默。靜默著看著篤郎停下呼息。我感覺篤郎一邊死去，一邊也把我這個人的全部都一併帶走了。

CHAPTER 8 / 2014

寂光

藍色球稍微放掉了一些空氣。

我坐在椅子上，教練把球放在我右腿上讓我雙手交疊在球上，把球往自己的腿上按壓下去一樣地用力壓，同時右腳抵抗那股力量緩緩抬起。好，來——，一、二、三、四、五。好——，慢慢吐氣，把腳放下。一、二、三、四、五。

「累了嗎？」

二十五歲左右，一雙眼睛圓溜溜的教練問我。

「一點都不累。」

其實已經想休息了，但我還是這麼回答。

「那再練三組好不好？」

又練完了三組後，我忍不住大大嘆了一口氣。四月初的一個偶爾還會開一下暖氣的好天氣，額頭上已經滲出了一點汗。辛苦了——。年紀輕得連叫我聲稱是我孫子輩都會讓我不好意思的年輕女教練，啪啪啪幫我鼓掌。

「寂光老師，您真的是很認真復健的好學生耶！只要這樣維持下去，一定又可以走路的。」

「我現在已經可以稍微走一下下啦。」

「不行不行不行！千萬不能勉強。萬一又跌倒了哪裡骨折，就得不償失了。」

一跌跤就會骨折。我忍不住心想，自己身體已經變得這麼脆弱了呢。下個月就要滿九十二歲了，幾個月前腰部忽然劇痛，動也動不了，結果說是腰椎壓迫性骨折，去住了院。全身到處檢查了一遍後連膽囊都找出了癌細胞，又做了內視鏡手術，上個月才終於出院。

教練回去了。我在另一個房間換衣服時，真穗拿著蔬菜汁與郵件過來。其實我現在出門時雖然還是坐輪椅，但在家裡頭已經只拄著枴杖走了，只是對於照顧我的人來說，感覺上他們還是會擔心吧，大家好像都儘量避免讓我移動。

「那個教練長得好像指原莉乃噢——」

我一邊聽真穗說話，一邊給郵件分類。支援麗奈？誰啊？完全不知道。去年，在我這兒幫忙照料我身邊事務的五位管家，其中四個都辭職了，大家都從年輕時候就在我這兒幫忙，一直幫忙到了六十幾歲。她們說是看不慣我都超過九十歲了還一直維持著同樣的工作量，而且她們四個人的薪水加起來也是一筆不小金額，只要她們還繼續留在我身邊，我就得一直維持這麼大的工作量。她們如此堅持，我怎麼慰留也沒用，再加上我自己身體也實在愈來愈吃不消了，這恐怕也是一個重要原因吧。只有一個人留了下來——被她們勸留在這裡的——最年輕的天真開朗的真穗。

「不過啊，妳看她那樣，她一定也滿高竿的。」

「糕乾是什麼……？」

正在幫郵件分類的手不覺間停了下來，因為我在謝函跟問候的信件中看到了一張鳩居堂⑰的明信片。光是看到收件人的名字筆跡，我就認出了是笙子寄來的。她的問候從「京都的櫻花現在開得正盛吧？」開始。

您那篇這個月刊出的〈馬戲團〉實在是一篇非常美好又晶瑩剔透的小說。雖然是短篇，讀了後卻感覺好像恍恍惚惚被帶去了什麼遙遠的地方。那個遙遠的地方，是哪兒呢？我一直這樣尋思……。真是好久沒見了。天氣依然微微涼，請多保重。

白木笙子

〈馬戲團〉是我去年起在文藝誌上連載的極短篇小說中的其中一篇。我在真穗面前假裝我只是隨意瞄了一下，其實回到了自己房間後不知道一個人對著這簡單的文字讀了幾次，連每一個字、每一個字的模樣都快要記下來了。最先湧上心頭的是歡喜，我從不懷疑笙子是個讀得懂小說好壞的人，而且她有一對公平的眼睛。那樣的笙子，居然稱讚了我的小說，還特地寫了明信片來……。

17 發跡於京都的文具用品店。

但同時間我也有點詫異與隱微的不安，畢竟這是有點罕見的情況。笙子跟我已經認識了將近四十年了，白木死後，也過了二十二年。他走了後，我有時候也會寄自己寫的書去給笙子，每一次笙子也都會寫個謝函回來，不外是說「我迫不及待要讀了呢」，從來沒有一次像這樣，主動寫信來告訴我，她對於我刊登在文藝誌上的小說感想。

〈馬戲團〉描寫的是一名九十二歲老嫗回想起她小時候著迷於巡迴馬戲團的過去，這是我自己也很喜歡的一篇。說到這，小說的主角名字就叫做「枡子」，當初我想取這名字時並沒想到笙子，不過也許她讀了後，感覺那是我對她送出的一些訊息，所以才給我寫了明信片來嗎？唔，不是這樣吧……？

這麼想，便覺得那明信片上的一字一句都有了其他的意涵，於是又再讀了一遍〈馬戲團〉，接著決定要打個電話給笙子。

我是真的很想跟她講電話。但是那意欲太強烈了，搞得我反而踟躕不前。今天就打個電話給她吧、等手上這工作做完後，打個電話給她吧……。一邊這麼想，時間一邊流逝，之後一個認識的編輯打了電話告訴我說笙子過世了，是在九月初。

我並不知道笙子得了胰臟癌。

她本來就有肝癌。白木過世的隔年，她的C型肝炎轉成了癌症，動了手術。之後偶爾有在肝臟內部再發的狀況，不過都沒有再動刀了，只用腫瘤射頻消融治療對付，就這麼過了將近二十年，她本人也沒什麼自覺有特別大的症狀出現。到此為止，我都聽她說過。

後來說是在定期追蹤肝癌檢查時，發現了胰臟那邊有陰影，由於那個部位無法手術，用抗癌藥物治療又因為肝臟情況不好會產生強烈副作用，甚至成效是不是值得熬過那麼強烈的副作用也無法保證。聽說聽到醫師這麼講的時候，笙子很乾脆地說「那我什麼治療都不做啦」。

「感覺上好像還挺得意的。她本人說她鬆了一口氣……。其實她在那之前不久就已經聽她牢騷說她連肝臟的射頻治療也不想做了，打算一切任憑自然——」

海里在電話中這麼告訴我。胰臟癌是在去年夏天發現。在那之前不久，她們剛把調布市那房子賣掉，笙子搬去海里家跟他們一起住。雖然有時會發燒，不過今年七月為止人都還滿有精神，但是進入了八月後，情況急轉直下，轉移到骨頭所造成的肩膀劇痛愈來愈嚴重，連東西也吃不下之後，笙子還是堅持不肯住院。之後終於沒辦法了，去住了院的第三天早晨，人就走了。

「我媽得胰臟癌的事，除了我們家的人誰也不知道，她也沒打算跟別人說。」

所以今年四月時，她當然已經知道自己罹患胰臟癌的事。雖說還很有精神，可是想來除了發燒之外的其他狀況，應該也開始一一出現了。她寫那封明信片來給我，正是在那樣的時期。

「她只交代了兩件事，也不算遺言啦。」

第一是不要辦什麼喪禮之類的。這件事海里遵從她的遺願，沒有打算守靈治喪。看來，白木討厭儀式跟無宗教信仰的態度，也讓他妻子跟女兒承繼了下來。

「另外一件，是她說她遺骨想放在天仙寺。她說如果不進妳們把拔的墓，妳們把拔太可憐了。」

這是白木家獨特的稱呼，我也知道，他們家喊他「把拔」，而不是「爸爸」。我忘了是什麼時候白木跟我講過，在我們家啊，我是把拔、我老婆是阿麻麻。不是喊父親、母親或爸爸、媽媽，我們家是這樣喊的。笙子用這樣的稱呼，讓她兩個女兒遵守了她的遺願。如果不進妳們把拔的墓，妳們把拔太可憐了。不知道她有沒有料想過，她那句話會從海里口中傳到了我耳中？

天仙寺是位於岩手縣的一間古剎，在日漸沒落面臨廢寺存亡之際，我應邀請過去晉山⑱，擔任第七十三代住職，從六十五歲開始負責了大約十八年的時間。一開始那兩年，白木他們夫妻也來過好幾次。

當時想了很多辦法要振興寺院、活化地域，定期舉辦說法，以及把山坡那邊規劃為

⑱ 就任住持一職，領導寺院。

墓地都是其中環節。那塊地風景很好很舒暢，我自己也打算將來葬在那裡。當時帶白木夫妻過去參觀的時候，白木迎著涼風，瞇起了眼睛，說很不錯耶，以前覺得墳墓什麼的真是毫無意義，不過要是像這裡這樣，將來長眠在這裡好像也不錯噢。

白木的祖母以前談了一段以現今的話來說叫做外遇的戀情，未婚生下了白木的父親，因為這樣，白木將來身後其實沒有一個可以葬的家族墓地。白木的祖母與父親的遺骨聽說是由他妹妹帶過去夫家，葬在那邊的墓地了，所以白木覺得墳墓什麼的毫無意義，這想法背後也許也有他複雜的一片心思吧。

白木家人尊重他的意願，在他死後並沒有去找墓地下葬。我聽過好幾名編輯轉述，當人家問到笙子，白木的遺骨怎麼處理的時候，笙子若無其事答說就擺在寢室的衣櫥裡呀。後來天仙寺的墓園終於弄出了一個樣子的時候，白木過世已經七年了，我撥了通電話去給笙子。

「妳遺骨一直擺在家裡，最後還不是要處理？妳也有一天得回去……。總不能讓海里她們將來成家後帶過去吧？天仙寺那塊地方，白木老師當初看了也很喜歡，也不像現在那種集合住宅似的墓地，非常舒服，完全不一樣。那邊現在也不用花太多錢，要是現在選，你們還可以選塊自己喜歡的區塊，妳覺得怎麼樣呢？」

我那時候搞不好說太多了。我當然沒說謊，但那些話的背後，其實也暗藏著希望白木能葬在我將來打算長眠之處的私心，但我愈說，愈覺得笙子肯定把我這一份心思都看透了，她一定會找個什麼恰當的理由回絕我吧。愈說，愈不懷疑這個提議一定會被那樣子結束。

「好啊，就這麼辦吧。我這陣子也在想遺骨將來該怎麼辦呢。」

沒想到笙子很爽快就答應了。

我還記得納骨那天是七月初。他們那一群人，怎麼看都很獨特。笙子、海里跟她戀人、次女焰、笙子的妹妹與說是她伴侶的一名男子，另外還有白木的妹妹登志子。鬱鬱蒼蒼的群樹底下，陽光還曬得人發燙的一個燠熱日子，海里的戀人拿著用風呂敷包起來的白木遺骨，一群人好像來散心看風景一樣地歡歡樂樂、面帶笑容來了。

我在墳前誦經時莫名感覺緊張，好像就只有我一個人稍微有點太過嚴肅，不過登志子偶爾也會好像忽然想起什麼一樣，講起一些比較深刻的話或是做出那樣的表情。笙子則維持她一貫斯文有禮的態度，只是感覺上，幫丈夫納骨這件事對於她來說，好像是什麼被公家機關要求的義務手續一樣，而她那份態度，他們全家人好像也都保持了下來。

納骨結束之後，我帶他們去寺務所內一間榻榻米房歇息。事務員端了茶跟點心過去後，我先去了一趟別的房間。等我再回去時，兩位男士好像已經隨意躺在榻榻米上休息，一見我進來，慌慌張張爬起來。嗳！你們兩個！像樣一點！笙子喝斥小孩子一樣地唸他們。

「太好了，一切都圓滿了」——我記得我是這麼開頭的。

「把他帶來這種深山裡面，白木老師不曉得會不會生氣噢——」

「他從以前就喜歡這裡，一定會高興的，搞不好現在就在我們旁邊笑嘻嘻的呢。」

笙子如此回答。

「這邊很遠吧？不過聽說再來會有計畫，讓新幹線的路線從這附近經過——」

「我很喜歡旅行，這陣子都沒機會出遠門，這距離剛好。」

「我倒是吃了一驚呢，本來我還以為會葬在崎戶，沒想到居然葬在這種東北深山中……」

登志子好像也覺得自己該聊點什麼，這麼插話之後，誰也沒再講話，靜默了半晌。

「不過這地方很好，哥他應該會開心啦，唔，一定一定！」

登志子有點慌地這麼加了幾句。

「海里很棒啊——，之前妳生病的時候我還很擔心呢，可是妳看妳現在這麼健康，還找到了這麼一個好伴侶——」

我轉換話題。海里兩年前，跟她爸一樣罹患了大腸癌，動了手術。今後只要不復發就好了，只是前一陣子在納骨前我跟笙子在電話中聊到時，笙子的口氣中還夾雜著幾許不安。我是認為啦，兩年過後沒有發生轉移，今後應該就平安了。而且看海里現在的臉色跟身體狀態，跟白木那時候剛開完刀後的狀態完全不同，更何況白木怎麼可能會這麼快就把他女兒接走。

「再來就是小說囉，妳平安度過了那麼大一場病，我就想，妳這一次一定會開始寫了，怎麼樣，還沒嗎——？」
海里一副心虛的樣子，低聲說她想寫的東西一直寫得不順之類。她得了新人獎出道以後，只出過一本短篇，之後沒聲沒息，別說出書，連在文藝誌上都已經很久沒看見她的名字了。

這孩子搞不好不會寫了。不過這樣也沒關係，這樣搞不好也不錯。她遇到了這個說是開舊書店的男人，也許兩人以後就這麼幸福過日子下去。小說這種東西，能不寫就不寫，我心底也這麼想。

但是妳呢，妳怎麼樣呢？妳要不要寫寫小說呢？

我那時候很想這麼跟笙子講。妳很想寫小說吧？白木都已經不在了，妳就放手寫嘛——。

可是我沒說出口。不是因為顧慮海里，而是覺得笙子好像不太希望我這麼講。而且，那不是為了她女兒，是為了她自己。

這麼回溯著記憶之間，忽然恍然大悟——

哎呀，那一家人！他們全都知道啊！納骨那一天時，那一家人就已經全部了然於胸，清楚我跟白木是什麼關係了。就像笙子對於我跟白木的關係分分毫毫都心裡明白一樣，完全不知情的，恐怕只有登志子一個人吧？

所以當天才會是那種氣氛哪？大家都刻意裝得好像很開朗，甚至有點吊兒郎不怎麼在乎的樣子，實則小心翼翼別去觸碰到什麼不該觸碰的主題——「主題」這兩字，也許也可以調換成「白木的靈魂」吧——圍在主題周邊兜兜轉轉，結果反而襯得主題愈發隱微呼之欲出的那天、那樣的氣氛。他們家的人，該不會都不知道該怎麼面對那情況吧？對於會在那邊碰到白木的舊情人這件事、那舊情人還會幫白木誦經這情況，並且決定這情況的，居然還是笙子？

其實白木走後，我跟笙子碰面的機會寥寥可數。

納骨那天之後過了幾年，海里出了第二本書，辦了一場小派對慶祝出版，同時也兼當婚禮。我也受邀參加，在那邊碰到了笙子。那時候她應該七十歲左右吧，一身和服，依然是那麼端雅清麗。我對她誇獎了一番海里的小說跟她的先生，笙子看起來很高興。
海里的小說從一個男人的妻子與情人的視野出發，描寫這男人從生病到死亡的歷程。男人是一個撲克牌算命師，天生的大謊言家。登場角色無非是虛構，然而這設定無論如何就是令人聯想到了白木。這一點，一位在派對上致詞的編輯也提到了。這妻子與愛人雖然一直察覺得到彼此的存在，但是直到最後的最後，她們都沒有見過對方。書中極為細膩地描繪了每個主角的心境，但是沒去斷罪，也沒加以正當化。我感覺這是一本非常出色的小說，而當我這麼尋思時，感受到這書的背後隱約有笙子的影子存在。當然我不是說笙子給了這部小說什麼建議，她自己也說過她到成書為止都沒有讀過，而是說，我感覺笙子這個人的存在方式影響了海里的寫作。
之後……對了，有一次我跟笙子進行過一次對談，那是在派對過後大概五年左右吧，是一份針對我的書迷出版的雜誌特集的企劃。當初編輯問我想要找誰對談時，我推薦說白木篤郎的太太怎麼樣呢？因為我很想見笙子一面。我原本想笙子可能會婉拒，不過她也跟天仙寺那一次一樣，很爽快就接了下來，一個人單槍匹馬來了天仙寺對談。

當初主題很快就定調為是聊聊關於白木的回憶。我跟笙子的「共同話題」，說真的，除了白木之外，也沒有別的了。一開始，負責這場座談會的年輕編輯對於我跟白木的過往明顯一無所知，但在座談會前顯然是有人給了他一點提點，他七上八下的心情表露無遺，一臉就是怕我們不知道會在座談會上聊出些什麼，還有那些聊到的內容是不是可以刊登出去。但我跟笙子只是輕鬆愉快閒聊起關於白木的過往回憶，以同樣認識某一個人的兩個女性朋友的立場。

果然那天也跟納骨那天的情況一樣。我們雖然話語裡聊著白木，卻謹慎地避免觸及核心。不過與納骨那天不同的是，那天的核心不是白木的靈魂，而是白木這個人，我這樣覺得。我感覺他人那一刻就在那裡。而我也恍然大悟，原來我那麼想見笙子，是因為我很想見白木。

我們坦然地聊起了白木他那些謊話成篇的過去，也不拐彎抹角，話中有話，也不刺探對方，只是聊呀笑呀，並且小心翼翼地不要透露出任何一點一滴關於我們自身的愛。

最後一次見到笙子是六年前了。海里獲頒直木獎的時候。海里出了第二本書後，好像終於破啼的大雞一樣寫個不停。那也表示，有那麼多人找她寫，我非常開心。海里術後已經過了十年，不用再擔心復發，我是既欣慰她身體健康，又期待她勤筆不輟，把大獎給拿下來，這樣白木不曉得會有多開心。光是這樣子想，都讓我心頭雀躍。

當時我已經八十五歲了，已經不會再特地上東京參加頒獎典禮或賀宴什麼的，但當時為了海里，我特地上去了一趟。一方面是想恭喜海里，一方面當然也是因為想見笙子一面。會場上，為得獎者的親人特地保留了一桌，不曉得為什麼，我也被理所當然帶去了那一桌。隔壁桌則坐了以前負責白木作品的一群老編輯們，而不是坐了海里的編輯。

笙子晚我一點在一位女編輯的陪伴下出現在會場，一身和服。我一回神注意到她的時候，她也一個「嘿喲——！」大大張開了雙手，「長內姊！這件是妳給我的和服——！」

真的！她穿的是我以前被白木拿走的一套和服。那時候白木來我家，看見了那套和服後一直囉唆著「這件很適合我老婆耶——」，講到最後只好讓給他。不曉得他回去後是怎麼跟他太太解釋的，總之笙子選擇在今天這樣一個日子，穿上這套和服，還滿臉開心地「嘿喲——！」地嚇唬我。真是嚇了我一大跳，其他編輯們應該更錯愕吧。即使大家不當場明說，大概也對我跟白木的關係心裡有底。「哇——太好看了！妳穿起來真是好看——！」

我也笑著朗聲迎接她到來。以她的年紀來說——當時大約七十幾、快八十歲了吧——那件訪問著⑲其實有點稍嫌華麗，可是穿在笙子的身上毫不突兀。也許她心裡面就是想——管它適不適合我年紀，我今天就是要穿這件！包括她那刻意嚇唬我的淘氣舉止在內，也許那件和服對她來說，就像是一件盔甲般的衣服吧？我伸出了手，笙子也馬上一把握住，就像是刻意握給旁邊那些心裡頭正在發毛的人看一樣。

⑲ 從胸口至下襬均飾有圖案的一種色澤圖樣都華麗的正裝和服。

我們圍著同一張桌子坐下，聽海里發表感言，看著她在得獎者座位上坐下，笑容可掬地回應那些輪番前去道賀的人。而我們這張桌子呢，大半時間其實也根本像是在辦同學會一樣，一個個老面孔編輯紛紛過來寒暄，熱鬧程度不下於海里那桌——好久不見啦！您一點也沒變哪。最近好嗎？篤郎老師走了幾年啦？咦，有那麼久啦……。

笙子對誰都是眉開眼笑，就像她從前陪著篤郎出席公開場合時那樣。對，這個人一向都是這樣的，我心裡想。她永遠帶著一抹沉穩的微笑，聽人講話時會心領神會地點頭，有時聽見了什麼也會笑得前仆後仰。她給大家看的，永遠只有這一面，而那也不外乎是盔甲的那一面吧。她真正的樣子，肯定深深藏在她自身之中。那一面，白木有機會瞧見了嗎？

大家問笙子要不要去續攤時，笙子苦笑著搖搖手說怎麼可能——

「都是一些很熟的編輯跟小說家要去玩吧？我連這個頒獎典禮，原本也不想來的，海里她有另一半陪，我來了，只是讓大家費心招呼我而已……但大家一直打電話給我，要我一定要來……」

「那是當然啊，今天是妳女兒的大日子耶——！妳不來怎麼成！」

我說歸說，心裡頭卻覺得連今天這種場合也覺得不用來沒關係，真是非常有笙子的風格。忽然想起，對了，當年海里獲頒新人獎時，白木跟笙子也沒去參加呀！白木曾經被提名過芥川獎，但是落選了，之後便死命堅持「否定一切獎項權威」。他可能是想表達自己落選都是因為文壇的政治角力與學派主義的影響吧。他這股憤慨也影響了笙子嗎？唔，不，搞不好那根本就是笙子的主張，這更有可能。

「白木老師要是還在的話，今天不曉得會不會來噢——？」

我試著這麼問。

「他應該心底極度非常想來，可是卻又鬧憋拗，打死也不來唷——」

笙子微笑這麼回答。那一頭極短髮的棕髮裡頭摻雜了許多黑髮，看得出來應該是白髮染成了黑色。

「不過妳可以安心了，真的太好了，海里今後一定能一直寫下去的——」

「是啊，她把拔一定也很寬慰。他是那麼希望他寶貝女兒也走上寫作這條路。」

「那妳呢？」

我那時候終於忍不住這麼問了出口。

「笙子妳要不要寫小說呢？」

「我不寫啊——」

她那時候也是揮了揮手一臉苦笑。您就寫嘛——，您寫了之後可以刊在我們的雜誌上啊——，同桌好幾個人紛紛這麼說道。

「我這時候才開始寫……」

笙子推辭。

「就是現在才要寫啊，白木都已經不在了，海里也成了獨當一面的小說家——」

我這麼說。原本是想試試她的反應，可是話一出口，才醒覺到，自己其實真正的心意是我實在很想、很想讀讀她的小說，就是這樣。

「我哪有什麼才華可以當小說家啊——。我一讀了海里寫的就知道了，我才沒辦法寫成那樣呢。」

這就是笙子的回答。

為什麼笙子不寫小說呢——？

這麼一想，念頭一轉又自問，那麼我又為什麼要寫小說呢？

譬如說，我至今為止已經把我與白木的事情三番兩次寫進了小說裡頭。名字與職業背景設定雖然都改過，但是我有兩本私小說類型的長篇都是以白木為主要角色，也曾經讓他在短篇故事裡出場過好多次，就連在一本我將女主角設定得與我自己相差甚遠的小說裡頭都曾經讓一名神似白木的角色出現過。是的，出現。那裡頭存在著某種超乎我意志的成分。不只是白木，與我有過深切緣分的人，不管男人女人，不曉得為什麼就是會在我的小說中出現。

於是只要這麼出現過了一次，我便會欲罷不能，被其囚困。我愈寫，愈覺不夠。要把曾經發生過的寫成小說，就必須竄寫事實，而即使寫出來的小說本身並非事實，可是對我而言，它已經是真實了。我一向如此深信。但是當時間一過，這個信念又會開始動搖。我被我自己所寫下的小說影響，開始懷疑其他可能性。那些到底是不是真實？我所寫進小說裡頭的真實，一旦被固定成了活字的瞬間，它便背叛了我。那些是真的嗎？真的是那樣嗎？我真的愛過他嗎？我真的被愛過嗎？只好又提筆寫下新的故事。

兩本長篇裡頭的一篇，是我描寫自己出家前後的過往，出版的時候白木還在。他說寫得很好喔，是本好小說，可是他沒有提到他對他自己被寫進了小說裡這件事，有什麼想法。

大概是有苦難言吧，我猜。結果到頭來，他一直在閃避風險。妳真的很了解我這個人耶。才不是那樣，妳完全誤解我了，結果妳對我根本什麼也不懂嘛。不管他的反應是氣憤、是貶低或是嘲笑，恐怕他都害怕他若表現出任何反應，都會再被我從中挖出什麼東西來吧？這就是他所最不樂見的情況。

說起來，白木完全沒有留下任何私小說類型的作品。就連生活雜記類的文章，我印象中也不曾見過他寫過任何實際上發生過的事。他的文章裡頭，偶爾一抹閃現的令人幾乎以為終於尋著了的他的身影，其實也難以斷言是他。感覺上，他總是以他那隻儘量遠離了他自身真實面貌、遠離了他自身真實的筆——可以說，這樣的做法反而成為他的助力——不停寫下一個又一個飽受欺侮的人們與這舉步難行的世間。啊——，原來如此，我根本不可能在他的小說裡頭，尋著任何一絲我們愛過的證據啊。

我把白木與我的過往所寫了進去的那本書，應該也一如往常地由出版社以我的名義寄了贈書到白木家，可是白木也沒說笙子到底讀了沒，笙子自己也沒說，即使是在白木走了之後。我自己總覺得，她應該讀了吧？就算白木還在的時候有所顧慮，但是白木人都走了，想讀的話隨時都可以讀。她身邊應該也有些人會敲邊鼓慫恿她，讀嘛讀嘛。要是我的話，我就會讀，因為我想知道白木沒有展現在我面前的另一面，長得什麼樣子。

可是笙子到了最後依然什麼都沒說。她一副彷彿那樣的小說根本就不存在，又或者她讀是讀了，但是書中所描寫的那個男人，根本不可能是自己丈夫以前的樣子，那樣的態度來與我接觸。

「樓梯很陡耶——」

真穗說。

「這絕對會跌下去的，請他換一家店吧——」

「不要吧，人家一定已經訂好了位子。應該有扶手吧？」

我問。

「有是有啦……，噯唷，我不知道啦，我只看過它們家官網照片……」

「沒有扶手的話，我就只好爬下去了。啊——，還是妳揹我下去啊？」

「我怎麼可能揹妳下去！」

結果隔天晚上，我在真穗陪伴下去了那家店。一個很熟的年輕電影導演說他的好友剛在祇園開了一家西班牙餐館，要我一定要去試試，我答應了他。正如真穗事前調查的——每次我要去一個新地方時，她總會這麼做——那家店的確位於一棟老舊大廈的又窄又斜的階梯下面。還好有扶手。我總是想辦法提起了我這把老骨頭爬了下去——多虧了扶手與真穗的手，花了好久。

「不好意思，都忘記這邊的樓梯長這樣了，您還好嗎？」

青年迎接我們，以一點都聽不出來有任何不好意思的口吻這樣寒暄。我看他並沒那麼在乎我身體有沒有事，反而是一心都塞滿了可以跟朋友介紹我、可以展現他跟我已經建立起這種交情的興奮。

微暗窄憋的店裡頭，除了吧台之外只擺了兩張桌子，一張已經有人預約。除了我們以外的客人，只有一對並坐在吧台的年輕情侶。那對情侶一見我進來，渾似看見了什麼外星人降臨一樣對我施以注目禮，之後便刻意拚命表現得好像他們除了他們自己之外，對誰也沒有興趣的樣子，害我怪不好意思的。這家店要是我熟稔的店家、今個晚上要是由我來買單，我絕對會給那對情侶送上一瓶紅酒還什麼，讓店裡頭的氣氛輕鬆一點，可惜那年輕人連這點也做不到，令我好生失望，不過我沒有表現在態度言語上。

之後又來了一組四位的客人，佔領了另一張桌子。那組客人果然也很在意我們，令人無法放鬆。結果料理也不是美味到值得忍受那尷尬情況的好滋味，但終究我還是盡力維持了好心情，努力講東講西，讓那青年導演開心。我跟那位導演是在一場座談會上認識的，電影新銳，之後他便時常連絡我說將來有一天想幫我拍紀錄片。一個剛過三十歲的青年，身型像模特兒一樣高挑瀟灑，這樣的外貌大概也是他贏得社會矚目的要因之一吧。

這年輕人跟白木有點像——我忽而這麼想。又想，真是離譜！怎麼可能！他別說外貌了，光性格就一點都不像。就拿眼前這情況來說吧，要是白木，肯定會發揮他幾乎要讓店裡所有客人都有點困擾的熱情服務精神了。

但問題是這年輕人還很年輕。就算是白木，他當年三十啷噹歲的時候也不見得就已經能夠那麼隨興自在展現自己了吧？而且就野心這一點來說，可能有幾分神似。那份自信、那只到自信一半的不安，以及那為了否認不安而虛張的張狂。

下一秒鐘，忽然覺得自己好丟臉，看來我是對這個年輕人動了好感了，更甚至說，我搞不好現在正在試圖愛上他呢。當然一個九十二歲的老太婆與一個三十歲的年輕人是不可能會發生什麼的，只是我可能正想要去愛上誰，就像從前我曾愛過的一樣。那個「從前」，我愛過了白木、愛過了真二、愛過了小野文三，也愛過了其他的某個誰。我想知道，自己到底還能不能像那樣子愛人，或許——。

「怎麼啦——」

年輕人稍微皺起了眉頭這樣問。我讓嘴邊的微笑蕩開，嘻嘻嘻——。

「我沒想到我都這把年紀了，居然還能跟你這樣帥氣的男人約會，一想到就太開心了，一開心就不小心笑了。」

「你們這才不是約會咧，老師！我也在你們旁邊好不好——？現在這情況根本就不叫約會！」

真穗也從旁插嘴。青年說沒關係，就把這當成約會吧，這時真穗的手機響起，她說忘了關電源了，瞥了那手機一眼後說聲抱歉，要去接一下電話，便走出了店外。

「誰啊——？」

我不知道為什麼有點在意，等她回來時小聲問了她。

「海里小姐，她打來說她母親的骨灰今天安放在天仙寺了，跟我們通知一下。」

「噢——，這樣啊。」

結果在那間店待到了九點多。之後真穗扶著我的右手、青年撐著我的後背，讓我顫顫巍巍地爬上那道階梯。那個年輕人直到那一刻，才真正意識到我是衰老到了什麼程度吧，一心驚恐。我看他也許不會再來接近我了，那樣子的話，我會寂寞嗎？但這麼想的當下，其實這份「戀情」就已經結束了。這心思一起，我又在心底輕聲竊笑了一下。

「啊——，讓我休息一下——。」

「老師，快到了，加油加油！」

「一下下就好，我歇一會兒。」

我放棄再繼續提起腳步，攀穩了扶手站好。再爬個三階，就是地面了，但是那距離感覺上遠得跟天邊一樣，我果然不應該來有這種階梯的店家吃飯的。

九十二歲了嗎我？站在那上不著頂、下不著邊的樓梯半途上我這樣想著。真是很努力活到了這把年歲啊。

在白木喪禮上唸的那段悼文忽而在腦中甦醒——白木老師，你與我，是這世間罕見沒有肉體關係卻能知己深交的男與女。我以這樣一句話，開始了追悼他的悼文。

那時候我為什麼要講那種一戳就破的謊言呢？我根本沒必要提到什麼有沒有肉體關

係的事。那樣子講，肯定讓人想這人怎麼要刻意講這種話吧。當時去弔唁的賓客裡，肯定也有好些人在心底失笑——她就是要刻意講，他們就是那樣的關係嘛——其實我當時那樣說，可能是因為想要那樣子跟大家宣稱吧。我以為自己是為了笙子與他的女兒而那樣講，但也許壓根兒，白木他們根本就沒在我的念頭裡，我只是順服了自己的任性而為而已。當時我深深地畏懼，白木與我的過去、唯有白木與我才知道的事，就要隨著他的死而煙消雲散了。無法可想，畏怯無措。

但那已經是老久以前的事了。白木不在之後，我感覺自己體內好像被掏空了一大半的那份空缺，如今也已填起。我日復一日，走過了那一個個為了填起的日子。每一天、每一天，我在心裡頭列出想做的事，把能做的都做了之後，不知不覺就來到了這把年歲。如今我愛過的人、我憎惡過的人，大家都死了。

莫名的，回頭往下望。看見了吧台邊角、就在那下射式嵌燈的朦朧燈光底下有白木與笙子的身影。他們兩個人不曉得在聊什麼，耳內深處響起了那兩個人令人懷念的聲音。

「……之前給妳買的那只紅寶石戒指，前一陣子啊，我遇見了當年把它讓給我的那個女人了。」

「咦？你不是說你是在一個莫斯科的像是秘密俱樂部一樣的地方買來的嗎？」

「噢……，那就是在那個秘密俱樂部裡的女人啊。都那麼久了，我哪記得那麼清楚啊——」

「好吧好吧，那女人怎麼了呢？你在哪裡碰到她的？」

「在哪裡碰到的不好說，不過呀，她跟我說了那只戒指的傳聞唷——」

「都那麼久了，她還記得啊？」

「妳一定覺得我在說謊吧？反正妳就聽聽看嘛，妳要聽我說了那個傳聞呀，一定會相信的……」

我也好想走下去。只要不踩樓梯，讓身體懸空，輕而易舉就可以到那邊去了。就在這時，燈光忽然暗下，階梯下一片昏暗，兩人的身影消失。我吐了一口氣，望向前方。從階梯這兒哪可能看得見吧台那裡呢——。

「老師，來！一、二、一、二……」

聽見真穗那像叫小孩子走路一樣的號令聲，我心底氣惱，一邊配合著她那號令，繼續往上爬。

笙子

最後吃的菜是烤乳豬。

海里好像在義大利館子吃了後把剩菜帶回來，加進番茄與紫洋蔥，弄成了三明治。她說店家教了她這種美味的吃法。

其實沒什麼食慾，但顧及女兒用心，去了好久沒坐下來的餐桌旁坐下。這陣子幾乎不下樓，海里拿到我房間的菜也只是吃個一兩口做個樣子。不過這個吃了一口後覺得滋味好得難以置信，連自己都很訝異，自己竟然還感受得到食物的美好。再吃一口。看吧，很好吃吧？海里似乎喜出望外，我看她開心成了那樣也受到激勵，於是又吃了一點那叫什麼起司的，好像生奶油的東西，還喝了半杯酒。

那是多久以前的事啦？最後那三明治，我只吃了一塊，不過現在回頭想想，那也代表了我當時還有那樣的氣力。如今烤乳豬、起司或紅酒，都跟我沒什麼緣分了，像是另一個世界裡的存在。不過烤乳豬……那應該會是我在這世上吃到的最後一道像樣的菜了吧。從前全家人圍著餐桌的時候，不時會聊到「最後的晚餐」這話題，當時大家各自說了愛吃的菜，什麼剛煮好的米飯配上熱騰騰的味噌湯啦、筍子啦、鯛魚茶泡飯啦，但真沒想到我的竟然會是烤乳豬。所以人生最後的事情，自己總是無法決定的吧。最後想吃什麼，說起來其實也根本不是重點了。還好烤乳豬很好吃，我算是很幸運。

跟篤郎吃的最後一道菜是什麼呢……？

我又開始想這件事。這陣子時常想起，卻怎樣也想不起來。「最後」的意思，就是像我那次吃烤乳豬那樣，篤郎也好好坐到了餐桌前，也多多少少品嚐到了食物的滋味。篤郎第一次手術後，海里離家獨居，不久焰也搬到了瀨戶學陶，那個調布市的家裡就只剩下我跟篤郎兩個人而已。第一次發現癌細胞轉移之後，兩個女兒時常回來看篤郎，但我所想要憶起的，是只有篤郎跟我兩個人的最後一次的餐桌。

轉移到了肺部，開始跑醫院做抗癌藥物治療後，篤郎就什麼也吃不下了，但是療程休息期間，食慾應該多少有恢復一點。那時候篤郎說的啊，要是那個的話我搞不好吃得下的那些菜，我應該都盡可能準備了。剛撈起的豆皮、沒過冷水的烏龍麵⑳、清湯燉雞。他最後一次吃得滿足得嘆息著說好吃的是哪一道菜呢？蒟蒻生魚片、蕎麥丸、煮冬瓜。不對，他說想吃冬瓜，但是我沒做。冬瓜是夏季蔬果，現在這時期沒有啦。我還記得我這樣說。沒做冬瓜，改做了什麼去了？那大概就是最後的一道菜了吧？我也不確定。就算是，現在也想不起來。之所以會想不起來，就是當時壓根兒沒有想到那居然會是最後一道菜吧？還是我的心拒絕去想起，怕會傷心呢？

⑳ 釜揚げうどん，麵條口感會較溫潤。

轉而去想第一道菜，那道菜不管什麼時候我都想得起來。我認識了篤郎後，兩個人一起吃的最初那道菜。那是在佐世保市政府前擺攤的小攤上買來吃的肉天——一種像沾了醬但沒加料而且很薄很薄的大阪燒一樣的點心——雖然算不上是什麼像樣的菜色，卻是無論如何對我來說都是屬於我跟篤郎最初一起吃的一道菜。

有賣肉天的小攤耶——，篤郎說，邁開了大步往肉天的攤商走去，問也沒問我要不要吃。攤商大叔把熱塌塌的肉天往攤開的報紙上一擺，捲起來遞給篤郎。喏——，燙溜——。我彆扭地介意旁人的目光，邊張嘴往遞到我嘴邊的肉天咬了一口，接著篤郎又極其自然地把那肉天放進他自己的嘴裡咬了一口，再往我遞來。好食啊——，他用佐世保腔說，嘴邊沾到了醬，嘻——地咧開了嘴笑，露出一口亂牙。唔，好食——，我也說，不知為何忽然覺得滑稽也笑了出來。那份小時候就吃慣的但不知為何當時覺得好像此生初次嚐到的肉天。

紙門被拉開，海里走了進來。

我現在住在海里家，他們給我一間四張榻榻米大的和室當成我房間。一開始搬來跟他們同住時還沒發現胰臟癌，結果現在變成了要讓他們照顧我這個病人。

「我試做了番茄冷湯（Gazpacho）呢……」

我坐起身，接過一個有點大的玻璃杯，拿湯匙舀起來吃了一口、兩口。

「給我藥。」

「不吃啦？妳再不多吃一點……」

「晚點還吃得下的話我就會吃，妳先放那邊，幫我拿藥來了嗎？」

海里一臉無奈，遞給我裝水的杯子跟止痛藥錠。老實說，現在連吃藥都很辛苦，但是沒這個又實在睡不著。

「妳要不要去住院看看？妳根本沒吃東西，身體營養失衡會垮掉喔。去住院的話，在醫院裡疼痛控管也會做得比較好。」

「還不用啦——」

這樣的攻防已經不知道來來回回了幾回合。我也知道我應該住院，這樣海里也會輕鬆一點，可是我就是不想去。一去住了院，大概就別想回來了吧。我也不是害怕死在醫院，只是我實在是很想待在這裡，因為——

「反正我明天要去醫院拿藥，再跟醫生商量看看好了。也許我們在家裡還有些什麼地方能做得更好。」

嗯，是啊。我隨口敷衍。

「對了，今天也有布拉塔（Burrata）喔，妳要不要？那個妳搞不好吃得下？熱量也不錯。」

「噢——妳說那個起司啊？那個很好吃噢——」

只這麼回，沒說要吃，接著我躺下來。海里一副沒轍的樣子走了出去。真可憐。要是我去住院的話，大概會給我打點滴補充營養，這麼海里也會比較放心吧。可是我就是想待在這裡，因為我感覺篤郎就在這裡。

這種感覺很奇特。這裡是三鷹，海里與敏夫在幾年前買的家，篤郎自然不曾來過也不曾看過。如果要說這個家有什麼跟篤郎有淵源，大概就是那些他寫的書、他的藏書跟他讓給海里的那張書桌了。

可是我還是感覺篤郎就在這裡。他死後，把遺骨放在家裡那時也有這種感覺，但是現在的感受比那時候更強烈。尤其是吃不大下東西後，這種感受更強烈，強烈到了彷彿就是具體現實。

於是我又開始胡思亂想了。就是因為篤郎在這裡呀，所以我才不想離開。我當然知道去住院的話大概疼痛情況會好一點，但我還是想要待在這兒。都是篤郎的錯啦——。

那個篤郎，我還那麼思慕著他嗎……？

篤郎死時，我鬆了一口氣。

他的死亡已經是一件無可避免的現實，但是我看見他離苦得樂時，心頭還是湧上一陣酸楚。

真希望一切趕緊結束。那結束，指的是篤郎的苦，還是我與他的關係？不知不覺間，我已經沒辦法分辨。

篤郎死後，我把家裡二樓跟三樓改裝成了公寓——這是秦先生擔心我往後生計而幫我做的規劃——所以過了一陣子忙亂的生活。那個時期一過，眼前忽然跑出來一大片無所事事的時光。

可以只用在自己一個人身上的時光。可以在想去買東西的時候去買東西、做只有自己想吃的東西自己吃，那樣子的時光。不用擔心篤郎小說截稿日的時光。不用被宏亮的那聲音「喂——」地喊叫的時光。不用去想，那個人現在到底其實是在哪裡、在幹嘛呢的時光。

手上忽然握著一大把這樣的時光，我一時之間不知道如何是好。如今回想起來，那陣子我是有點失常了。一開始是跟著海里一起開始晨跑——那陣子，海里寫的小說沒有雜誌要登，她也沒打算去找其他工作，就那樣住進了樓上剛改裝好的公寓房間的其中一間，成了所謂的寄生狀態——由於突然開始跑步，膝蓋受了傷，醫生覺得我這麼做太荒唐要求我停止後，我改成了上游泳課。蒔子說「我們來開間居酒屋還什麼的吧」之後，我有點認真，晚上睡不著的時候，便會開始想店名該叫什麼，還有能端出哪些菜色。

不過那失序的時間只有短暫一陣子。那種不管是跑步或游泳時都感覺好像踩踏在雲裡霧間的那樣毫不扎實的感覺，到頭來其實跟運動一點關係也沒有，而是我每天真實的生活感觸。我慢慢覺得，自己好像正借住在什麼陌生人的家裡，在那個陌生人的家裡借穿別人的衣服過著日子。

剛好那時，海里跟敏夫走在了一起，說要搬出去同居。兩個人租的公寓就離我家不遠，走路就能到，但我還是只剩下自己一個人了。毋寧說，跟距離完全沒關係，而是她一搬了出去，我便確信自己真的只剩下一個人了——海里已經不再需要我了。

忽然發覺，就跟那大把大把的空閒時光忽然降臨到我身上時一樣——我已經不用再幹嘛了。沒有必要再幹嘛了。

藥效起作用了嗎？似乎稍微睡著了一下子。

做了好幾個短暫的夢。一醒來，感覺好像被扔出了夢外。啊——，一發現又醒了，就氣。我不是在得了胰臟癌之後才這樣，其實更早前，就已經希望能一覺不醒。

那一個個輕飄飄、腳踩不到底的日子。一個個好像每一天都是多得到的一樣的日子。被榨乾了的屑碎般的日子。對，最後這個最貼切。明明是已經被榨乾了的屑碎，卻每一次一回到醫院檢查出肝癌復發，就得再做射頻消融治療，實在是毫無意義。我說不做治療了，家人跟醫生也不同意，再者不做痛楚難捱，所以說起來啊，一覺不醒是最理想的。

但感覺上也不是想死。不是絕望。只是從那時候開始，我的人生中已經沒有了期待與希望。篤郎離開之後的新人生。第二個人生。我知道我不需要那種東西。

另外還有一點是現在已經不用再操心兩個女兒了。焰比海里早成家，生了一個男孩，當了母親。現在全家人住在某個小島上，但有一陣子，曾搬來調布市那個家裡跟我同住，所以我也享受過一陣子兒孫都在身旁的日子。聽說焰現在會用島嶼特產做成點心，對振興地方貢獻一份心力。她本來就是個手巧的孩子，很會做手工藝跟點心。

再來海里。她又開始寫小說了。幾年前拿了個大獎，成天喊著忙啊忙啊對著書桌寫個不停。她跟敏夫一結婚後，就筆耕得愈來愈勤，聽說有些讀了她作品的人，也會來邀稿，那不曉得是什麼作用噢？長內姊來參加海里的出版紀念兼婚禮時，發表賀詞時大放厥詞──「女作家最好不要太幸福，作品才會寫得好」──聽得大家苦笑。敏夫是個開豁不拘小節的人，用海里的話來說，「就很隨便啦」，不過他跟我女兒好像還滿合得來，兩人也沒吵過什麼大架，看來相處和睦。

海里的小說中有時候會出現像篤郎那樣的男人跟我這樣的女人。站在她的角度，自己爸媽的關係大概是一片可以進去迷途遨遊的森林吧？不過這也有部分原因，是她腳下站在了一片穩固不易動搖的地盤上，才有勇氣踏入森林尋幽？

海里第三本書，是一本寫她爸爸的散文集。

聽說是編輯提議她要不要寫本以父親為主題的散文，一開始海里不願意，後來被說服了。

是本很棒的書。她想了又想自己的父親是個什麼樣的人，有時在寫的時候也會跑來問我。

「阿麻麻真的不知道嗎？崎戶的事，還有其實是在久留米出生的……」

我不知道啊——，我說。篤郎死了後，登志子開始講起一些她從前都沒說破的事，還有一位文學評論家在討論要將篤郎年輕時候的作品彙集成冊，編輯的時候去查了篤郎的資料，才發現篤郎一直以來所宣稱的經歷摻雜了一堆假話。比如說，他自己寫的生平年表上說他是在旅順出生的，其實是在久留米。他稱為故鄉的崎戶，結果他只在那裡住過三、四年而已。他宣稱少年時代曾在礦坑工作過，還有鼓動過朝鮮人勞工暴動，結果被舉報的事，其實都是虛構。

「唔，是曾經覺得不太對勁啦。」

「結果妳都沒追問嗎？在一起生活那麼多年？一直都沒問過？」

海里問，我點點頭。事實上我也沒想過要問。篤郎到底是在哪裡出生的，我一點也不在意，他說他在礦坑工作過或是曾經鼓吹過朝鮮人勞工暴動，就算全部都是假的，但那些在篤郎心底都曾經發生過吧？這是我的想法。篤郎那個人雖然老愛講一些完全不必要講的話，但是旅順跟崎戶這兩個，我是喜歡的。

「那……我再問妳一件事好了……，把拔以前有過那個嗎……？就是……他有沒有外遇過？」

這兩個女兒是什麼時候開始注意到篤郎幾乎每個週末都不在家，不然就是在外過夜的這個情況，實際上代表了什麼呢？雖然我極盡全力表現得那根本就沒什麼，但孩子總是會長大，不可能永遠都沒發現。不過這是我們母女倆頭一次談論這個話題。

「當然有啊——」

我依然表現得那根本就沒什麼。是噢，就是啊，肯定有的嘛，海里苦笑。她一定是覺得現在才意識到自己長大的這個家有這麼奇怪，實在是很好笑。

之後她又問了幾個相關的疑問，我心底很緊張，還好她沒提起長內姊的名字。也許她想提，但終究還是問不出口——真是個沒用的採訪者。結果到頭來，我曾經以為是自己生存下去的方式，結果搞不好卻把兩個女兒也拖下了水，成為我的共犯。

「把拔……真的是還滿渣的。」

海里這樣收尾。

「妳沒後悔過嗎？跟把拔結婚。」
她應該清楚我會回答什麼吧？
「唔——還滿有趣的啊——」
我這樣回答。連自己也不知道這答案有沒有說謊。這一路以來，我已經對自己說過了太多謊，都不知道什麼是真的，什麼是假的了。
把面向紙門的頭轉到反方向看，有個嵌了紙窗的凸窗，轉頭過去後會看見堆在那裡的一落書。
讀書可以說是我唯一的興趣，在這個家裡不愁沒書看，海里買回來的、跟人家送給她的新書、敏夫做生意用的舊書，我向來手邊摸到什麼就看什麼，直到沒有氣力再看為止。
疊了七、八本史蒂芬·金的文庫本小說，那是我身體開始撐不住後，說我想讀輕一點的書，海里特地拿來給我的。那底下，有一本文學雜誌。噢對了，是那本裡頭刊登了我後來還寄明信片去跟長內姊報告我讀後心得的那篇超短篇的那一期。其實每一期連載我都有看，只是那一期，因為想寫心得而拿進了房間。

那時候讀完不知道怎麼回事，有種想哭的衝動。也許是因為裡頭寫的是孩提時代的回憶吧。雖然我沒有關於馬戲團的印象，但當然也有一些童年時代的回憶。家裡養的狐狸犬。媽媽把她的舊毛衣拆了給我織成一件紅橘條紋相間的泳衣。因為太愛吃一種叫做「攙烹」的什錦麵，而被取了個「小攙烹」的綽號。因為被那麼喊而很開心，更是狂吃攙烹。點心工廠裡有位少了一條手臂的叔叔，只要我要求，就會即興唱歌給我聽，有「小攙烹之歌」與「長崎蛋糕行進曲」。

與其說是這些回憶讓我心頭一酸，不如說是我詫訝於自己竟然也有這樣的回憶。我明明就有這樣的回憶，那些回憶消失去了哪裡呢？那時候的我，消失去了哪裡呢？明明那時候，篤郎這個男人，在我的世界裡連個影子都沒有。

那種心情我好想、好想傳達給長內姊知道。她一定會比任何人都更能了解我的感受，我這樣想。唔——，是這樣嗎？也許我只不過就只是想給她寄張明信片而已。想悄悄地與她道別，也許吧。

那時候——，對，那時候我其實原本是想打電話給她的。喂——，長內姊，好久沒連絡了，最近好嗎？我昨天剛讀了妳那篇〈馬戲團〉呢，就很想跟妳講講電話。我想像自己這樣開頭跟她聊天，不過最後還是沒有打，選擇了寫明信片。我怕我打了電話過去後，會不小心說出真話。因為她一定會意識到有什麼不對勁，然後她會問我一兩件事，接著我不小心就自招了。唔，是啊，我快要死了，想在死前再跟妳講講話。接著她一定會排除萬難來見我，因為她是長內姊，她一定會這麼做。而我不想要那樣。

篤郎的喪禮上，長內姊為篤郎唸了悼詞。

那一段似乎被剪進了以篤郎為主角的紀錄片尾聲。這件事，後來果然也有熱心人士特地打來告訴我——不只一位——全都是「文學水軍」的女學員。

您看過了嗎？還沒嗎？那您千萬不要看。真是太惡劣了，那電影。那樣子拍，搞得好像寂光老師才是主喪者一樣。

但是那些女人，她們自己聽說也出現在電影裡面。聽說她們接受導演訪談，眼睛發亮地、盈淚地表達自己對於白木老師有多麼傾慕——這些，當然也是那些「文學水軍」的女人——沒有出現在電影裡的——特地打來告訴我的說法。也就是說，那部電影裡頭，篤郎性好女色的這一面絕對被拿來當成了賣點，而長內姊唸悼文的那一段，則被拿來當成彰顯這個面向的高潮放在片尾。

我沒看。光是應付那些各帶立場——一邊說我不是故意要那樣、我是被導演騙了，一邊說拜託、明明就開開心心講得那麼起勁、現在才來推託——特地跑來跟我說三道四的人就夠煩了，更何況兩方都說「您千萬不要看」的片，我根本也沒興趣特地跑去看。

倒是長內姊當初那番悼詞，我一點都沒覺得有什麼不好。老實說，在喪禮上聽見她那樣說的時候我很感動。啊——，這個人是真的很喜歡篤郎哪，喜歡到了能夠在眾目睽睽之下抬頭挺胸直言呢，我那時候這麼想。

不寫小說嗎？長內姊問我。在海里得了直木獎的慶賀宴上。

真的很離奇，她問我的方式。就好像她根本就知道我曾用篤郎的名字發表過一些短篇小說，但是篤郎是決計不可能會跟她講的，所以也許是她自己在無意中察覺嗎？也許她在讀篤郎的小說時發現了什麼蹊蹺，畢竟別說她了不了解我，她至少是很了解篤郎的。於是她懷疑，那是否真的是篤郎的文筆？也或許她站在一個深愛篤郎的女人立場，在小說當中感受到了什麼更趨近於她自己，而不是篤郎的部分，因而狐疑？

我的回答只有一個——不管是對她，還是對我——我不會寫小說。我（絕對再也）不會寫小說。

寫小說這件事之於我，就相當於做肝臟檢查一樣。不管是C型肝炎轉變成了肝癌或是開刀後又在肝臟內復發十幾次，都是因為去檢查了才知道。每次一檢查就會發現又有哪裡糟糕了，一開始是一年一次，接著是半年一次，於是便知道了自己的身體正在逐漸惡化。胰臟癌也是在做這類檢查的時候發現。只要去檢查，便會被告知，自己身體已經全身都是毛病了。糟透了。沒救了。但是不去檢查，便能像逐漸枯萎一樣慢慢病弱下去。不檢查，便能夠在關鍵狀況出現為止都能不用知道到底發生了什麼事。

基於相同的理由，我也一直沒讀過長內姊的小說。我知道她好像把她跟篤郎的事情寫成了幾本長篇，這些事，熱心人士當然也會來一一告訴我，不過我從來沒想過要讀。讀了，就會忍不住在書裡頭搜找蛛絲馬跡，不巧知道了某些事情吧。我怕的不是長內姊的真實，而是篤郎的真實。他昔日那麼機巧瞞住我的事情，在長內姊的筆下，就算別人都讀不出來，我也會讀出來。後來之所以會讀〈馬戲團〉跟其他極短篇，大概是因為我已經確定早晚都要死了吧。反正已經沒時間去鑽什麼牛角尖，也沒有力氣去察覺與意會了。這樣說來，其實我搞不好一直都很想讀長內姊的小說也說不定。

忽然想起了一件事。

山椒小魚乾的季節。所以那時候應該是六月，還七月初吧。海里婚後搬出去住的第二、三年，所以大概是十幾年前的事。我採收了院子裡的山椒，做了一堆山椒小魚乾，打電話叫海里方便的時候過來拿，實際上，等於是叫他們回家吃晚飯。但那天傍晚，海里卻自己一個人騎著腳踏車來了，說是她工作正忙。

今天就隨便煮個白飯，我配山椒小魚乾吃就好了——海里這麼說。我說那妳帶點什麼東西回去吧，打開冰箱，把常備菜裝進保鮮盒。她等我的時候，在飯廳的椅子上坐下來小口小口啜著梅酒，一邊說她最近有多忙多忙，有好幾篇連載，還要去取材寫散文，還有快出版的打樣也要看……。的確，那時候應該正好是她工作一下子遽增的時期。

那時候我到底為什麼會講那些事呢？那天海里沒有留下來陪我吃晚飯，的確很罕見，讓我有點失望，不過也就只是那樣，我絕絕對對沒有嫉妒自己的女兒。或是我有？我是不是覺得女兒好像一副很忙的樣子，好像有哪裡看不起我呢？

「妳不要跟別人說唷——」

我一邊把裝了甜醋漬炸竹筴魚跟剩下的酸奶牛肉的保鮮盒放在女兒面前，隨口這麼說。

「啥啊——？」

海里檢查保鮮盒裡面裝了什麼，一邊問。

「哇——！看起來好好吃噢！果然不愧是阿麻麻，居然一個人做了酸奶牛肉（Beef

Stroganoff）自己吃——！」

「我跟妳說啊，我以前也寫過小說喔。」

「咦——？」

「短篇而已啦。妳把拔決定篇名，然後全部讓我寫，寫過幾篇。刊在雜誌上時，用他的名字。」

我沒有想到海里會受到那麼大的衝擊。妳為什麼都沒說呢？妳為什麼不寫了呢？海里似乎誤以為是因為她開始寫了，我才不寫。我當然否認。但與其否認，我一開始就不應該講。我知道我不可能寫得像妳那麼好啊——我也這麼說了，可是聽在海里耳裡，大概只覺得是藉口吧。我看著女兒消沉黯然地回去，心中滿是懊悔，現在想起來，也還是悔恨不已。我到底為什麼要那樣說呢？為什麼呢？

笨蛋笨蛋笨笙子，笨蛋，笨——。

我說出聲，這是小時候的習慣。每次一不小心想起了什麼不想憶起的事情，便會這樣出聲把記憶壓下去。有時候不小心連旁邊有人的時候也會這樣做，被人賞以一臉詫異。不過現在只有我一個人，沒關係，就算講再大聲一點也沒關係。

藥愈來愈沒效了。肩膀很疼，沒法翻身，於是我瞪著天花板。釘上了木板的天花板。方形房間。我們家只有這間和室，不過建築師的興趣就是這個，花了很多心血——海里那時候那麼說。我可能會死在這裡。這樣的話也不錯。

我要記得跟她講不用辦喪禮。還有墓地的事。記得好像跟她講過一次了，等一下她進來時，要記得再跟她講一次。我想葬在天仙寺。

天仙寺。通常大家知道篤郎的遺骨就葬在那邊時都會嚇一跳，「是寂光老師擔任住持的那間天仙寺嗎？」大家這麼問。現在至少我身邊的人，似乎都已經知道了長內姊跟篤郎的關係，大家好像也覺得沒有必要在我面前裝作不知道。兩個女兒沒有反對，不過多少還是有點疑惑。真的嗎？海里問我。有什麼不好嗎？我回答。海里在聽到我這樣答的那一刻，似乎就已經放棄再繼續追問，不過她又語帶顧慮地問，不葬在崎戶沒關係嗎？沒關係吧，我又答。人家長內老師都特地來問了。於是這件事，又似乎成了我跟女兒之間的一件新約定。我會就這樣不曾在任何人面前說到長內姊與篤郎的真正關係、不曾提及一言半語地死去吧。

不提不說。結果到頭來，搞不好這才是篤郎之所以葬在一個跟長內姊有淵源之地的最主要原因吧。畢竟要拒絕的話，就得想藉口，一說出了藉口，就會被識破是謊言吧。到底是怎麼回事呢?我連在長內姊面前，都不想說出任何一個我知道她與篤郎關係的字眼。我不想讓她看見，看見我單薄的皮膚底下四處腫脹的腫瘍。

我也想葬在那塊墓園。我只想跟海里講好這件事。

長內姊似乎也在同一個墓園買好了一塊墓地。她若是死後也想待在篤郎身邊，那我也要。篤郎也會這麼期待吧。就跟他生前一樣。她與我，兩個都在身邊。只是我會比她早一點再見到篤郎，這一點讓我稍微雀躍。

肩膀疼得難捱。海里從醫院拿回來的新藥，說是比之前吃過的都更強效，卻沒什麼改善。

「我去辦好手續了，妳星期一就可以住院。」

她說。我點點頭，已經沒有力氣反抗。一隻有老鼠那麼大的跳蚤停在天花板上。

「那個掉下來就討厭了。」

「那個？」

「跳蚤啊，妳看那天花板上不是有隻跳蚤嗎？妳跟敏夫講，叫他來把牠抓走。」

「跳蚤……」

海里仰望天花板，接著看向我的臉。她不知說了什麼，我實際上沒有聽到。海里伸手摩挲我的手臂，她在哭。

關著的紙門打開了。所以海里剛才出去了嗎？篤郎走進來。一件深褐色T恤搭配一件棉短褲。夏日的平常穿著。

「嘿——！」

他舉起一隻手來，稍微有點害臊地撇嘴一笑。

「那邊不是有一隻跳蚤嗎？你小心一點。要是牠掉下來了，就把牠抓住。」

我說。

「不用擔心啦，那種的不會咬人。以前莫斯科的那個女人房裡也有兩三隻那種的。」

篤郎邊說邊在我身旁躺了下來。他膝蓋下裸露的小腿碰觸到了我的腳。

「你在莫斯科時，還去了女人的房間哪？」

「所以我不是跟妳說過了嗎？我那時候被KGB盯上了，那女人為了要告訴我，特地要我去她房裡啊——」

「真的？」

「真的啦，沒騙妳。我在那邊聽到了很有意思的事情唷。我不是給妳買了一只紅寶石戒指回來？就跟妳那戒指有關！」

「嗯？你不是跟我說，你是在莫斯科一個好像秘密俱樂部一樣的地方買的嗎？」

「所以就是在那家秘密俱樂部裡遇見了那個女人哪。哎唷喂呀——！那時候在那邊喝到的野牛草伏特加（Żubrówka）真是太好喝啦——！」

「咦，所以紅寶石戒指呢？結束啦？」

「妳一定覺得我在唬妳吧——。我跟妳說，就只有妳，我從來沒有對妳說過謊。我是說，真正的謊喔。」

一睜眼，篤郎已經不在身邊。一定是我剛剛睡著了，篤郎可能騎腳踏車出去閒晃了。我也要去。現在出門，應該追得上他吧。剛才肩膀那樣疼得受不了，但是現在，我覺得我應該爬得起來。

再會了——。

輕聲呢喃。忽然間意識到，原來是不得不說這句話的時刻到了。但此刻我的心底沒有想著兩個女兒，也沒想著長內姊，我一心只想著篤郎——。

《主要參考文獻》

瀬戶內晴美《從哪裡來——自傳小說》筑摩書房，一九七四年。

瀬戶內晴美《焚蘭》講談社文庫，一九七四年。

瀬戶內晴美《比叡》新潮社，一九七九年。

瀬戶內寂聽《喜歡人——我的履歷》日本經濟新聞社，一九九二年。

瀬戶內寂聽《草筏》中央公論社，一九九四年。

瀬戶內寂聽《單途》集英社文庫，一九九七年。

井上光晴《十八歲的詩集》集英社，一九九八年。

瀬戶內寂聽《寂聽自傳——花開足跡》德島縣文化振興財團德島縣立文學書道館，二〇〇八年。

齋藤愼爾《寂聽傳——良夜玲瓏》白水社，二〇〇八年。

德島縣立文學書道館製作、竹內紀子監纂《瀬戶內寂聽文學資料簿（共兩冊）》德島縣文化振興財團德島縣立文學書道館，二〇一五年。

瀬戶內寂聽《求愛》集英社，二〇一六年。

PL00105

在那邊的鬼

あちらにいる鬼

作　者─井上荒野
譯　者─蘇文淑
編　輯─黃煜智
行銷企劃─林昱豪
校　對─魏秋綢
封面與插畫設計─楊珮琪
內文排版─陳姿伃

副總編輯─羅珊珊
總編輯─胡金倫
董事長─趙政岷
出版者─時報文化出版企業股份有限公司
108019 台北市和平西路三段二四〇號四樓
發行專線／（02）2306-6842
讀者服務專線／0800-231-705、（02）2304-7103
讀者服務傳真／（02）2304-6858
郵撥／1934-4724 時報文化出版公司
信箱／10899 台北華江橋郵局第 99 信箱

時報悅讀網─www.readingtimes.com.tw
電子郵件信箱─ctliving@readingtimes.com.tw
思潮線臉書─https://www.facebook.com/trendage
法律顧問─理律法律事務所　陳長文律師、李念祖律師
印　刷─勁達印刷有限公司
初版一刷─二〇二三年七月二十八日
定　價─新台幣五二〇元

Printed in Taiwan

時報文化出版公司成立於一九七五年，
並於一九九九年股票上櫃公開發行，於二〇〇八年脫離中時集團非屬旺中，
以「尊重智慧與創意的文化事業」為信念。

在那邊的鬼 / 井上荒野著 ; 蘇文淑譯 . -- 初版 .
-- 臺北市 : 時報文化出版企業股份有限公司 ,
2023.07
384 面 ; 14.8*21 公分 .
譯自 : あちらにいる鬼
ISBN 978-626-353-904-4(平裝)

861.57　　112007883

ISBN 978-626-353-904-4
Printed in Taiwan